KOLAČIĆ SREĆE

KOLAČIĆ SREĆE

Mika Altun

Globland Books

- Dominik -

Taman kada sam konačno pronašao mesto koje mi je moglo doneti makar trenutni mir neko mi je ušetao u vidokrug. Plavetnilo neba u odsjaju mora brisalo je svaku granicu i stvaralo neverovatan prizor i osećaj beskonačnosti. Onda je sve to zamenila žuta boja koja mi je blokirala pogled kao i novostečenu energiju koja nije imala vremena da se rasprši.

— Prijatan dan vam želim. Izvolite.

Polako sam podizao pogled ka zvuku koji je dolazio od osobe koja stoji preda mnom. Devojka srednjih godina, prirodne lepote, neopterećene šminkom ni modernom odećom. U farmericama i majici nežnožute boje koja je padala sa jednog ramena. Smeđe kose, pokupljene u isto tako nehajno nameštenu punđu na vrhu glave, sa par pramenova koji su pobegli i padali ka licu. U trenutku sam imao neopisivu želju da joj skinem tu šnalu sa kose, samo da bih video koje je dužine. Jesam li poludeo? Šta me je spopalo? Frustracija samim sobom vratila se kao na komandu i automatski spojila moje obrve u znak mrštenja.

Blokičić i olovka koje je držala pred sobom smešeći se, dali su mi do znanja da radi u ovom kafeu i da je došla po porudžbinu, iako nisam baš dobro poznavao francuski. Mrgodni me pogled nije napuštao uprkos njenom gostoprimljivom osmehu. Naprotiv. Postajao je sve jači.

— Možemo li na engleskom, molim vas?

Osmeh joj se pojačao i nehajno je rukom zatakla pramen kose iza uha. Pratio sam svaki pokret kao opčinjen. Nikada se nisam tako osećao ni ponašao. Da sam već popio nešto pomislio bih da su me drogirali. Ali vetar je definitivno danas čudno duvao.

— Naravno, oprostite, mora da ste turista. Ovo mesto ima više turista nego domorodaca — brzo se prebacila na engleski koji je bio zadivljujuće čist.

Uzvratio sam klimanjem glave. Pa, moglo bi se reći da sam turista.

— Želeo bih popiti kafu... dupli amerikano... ako nije problem?

Još jedan osmeh.

— Naravno da nije. Želite li možda da probate i neki kolač? Možda madlen? To je tradicionalni francuski kolač koji se služi uz kafu ili čaj.

— Ne. Kafa će biti dovoljna. Zahvaljujem.

Nešto manjeg osmeha klimnula je glavom i uputila se nazad ka unutrašnjosti lokala kako bi donela kafu. Gotovo nesvesno pustio sam pogled ka njoj. Tek tada sam video da ovo nije klasičan kafe već i poslastičarnica.

Nisam ni pogledao kada sam seo. Pogled me je opčinio da se približim. Veoma slatka poslastičarnica u stvari, sa lepo uređenom baštom koja me je namamila. Sve je u nijansama žute boje koja je simbol ovog grada. Stolice su obojene žutom bojom uz okrugle bele stolove koji su dekorisani različitim figurama limuna. Sve je tako lepo skockano i čisto. U samom uglu bašte bilo je ogromno drvo koje kao da je svedok nastanka ovog grada. Ogromnog stabla i krošnje koja je zahvatala gotovo celu baštu. Pored samog stabla, stočić, koji kao da me je pozvao, pružao je neverovatan pogled na ostatak grada uz obalu i more. Celokupan ugođaj upotpunio je zvuk talasa i miris mora. Još jednom sam zatvorio oči i duboko udahnuo pa pogledao još jednom oko sebe. Žamor ljudi. Za svakim stolom bilo je različitih likova, koji su bezbrižno ćaskali. Mladi par koji se zaljubljeno gledao. Dve prijateljice sa kučencetom koje je cupkalo kraj stola tražeći sebi zanimaciju. Gospodin u odelu koji je telefonirao dok je mešao svoju kafu...

Pitam se... da li se iko od njih ikada zapitao kakvim životom živi? Jesu li zadovoljni ili se kriju iza maske prihvativši da to tako mora ili da im je tako dobro, kao što sam i ja nekada radio? Možda čovek zaista nema izbora nego da prihvati svoju sudbinu, koliko god se trudio da je izmeni. Život će ti dozvoliti pokušaj, ali samo kako bi ti dokazao da je tvoje mesto tu gde ti je odredio.

Ja, Dominik Henri King, bio sam na samom vrhu. I pogled „odozgo" nije nimalo lep. Možda zato što, što se više penješ sve slabije vidiš one koji ostaju dole, dok ih potpuno ne izgubiš iz vida. Pred mene su stavljene mnoge prilike. Sve sam ih prigrabio. Sve sam ih iskoristio. Sa trideset i pet godina, postao sam mag Njujorške berze. Broker kojeg su svi želeli. Imao sam dar da stvaram, obrazovanje da znam, instinkt da me vodi. Nikada nisam ni zadrhtao ni na jednu odluku koju sam doneo, a bilo je mnogo rizičnih. Rezultat? Stvorio sam bogatstvo koje bi promišljenim investiranjem obezbedilo verovatno i moju decu. Koju nemam. Stvorio sam od sebe frustriranog čoveka koji je bio nepodnošljiv i sebi. Ko želi prijatelja koji nema strpljenja da vas sasluša do kraja rečenice? Ko želi partnera kojeg će samo usred večere prekinuti bar deset telefonskih poziva, i dok mislite da je tu kraj ja već razmišljam o jedanaestom. Umesto priče žene preko puta mene, pratio sam kretanja na berzi. Možda je neka od njih i zaslužila moju pažnju, ali nisam je imao ni za šta drugo. Većina je bila uz mene zbog novca i moći koju sam imao shodno svom položaju u društvu. I žena i prijatelja. Niko me uistinu nije poznavao.

To nije bilo ono što sam želeo. To nije bilo ono što me je ispunjavalo. Sem mog prijatelja Luja.

Luj i ja smo se upoznali na koledžu. Kao i svako pravo prijateljstvo i naše je počelo razmiricama, ali se život potrudio da nas spoji na način kako se ni braća ne mogu voleti i poštovati. Luj je poreklom iz Francuske i došao je tada u Njujork kao stipendista. Da nisam imao uvida u njegov život možda nikada ne bih shvatio koliko se ljudi zaista bore, jer meni je sve unapred bilo određeno i servirano.

Sin Henrija Kinga, jednog od najvećih investitora Istočne obale nije mogao krenuti nikakvim drugim stopama nego očevim.

Često sam zavideo Luju na slobodi koju je imao, a koje možda i nije bio svestan. On je meni zavideo na položaju koji sam uživao zbog oca, da su mi se sva vrata otvarala. Ja njemu na sasvim običnim stvarima, kao što je sviranje gitare i pevanje. Kao što je toplina doma i porodice koju je imao prilike da iskusi. Smatrao sam da je zato mnogo bolji čovek od mene, ali nikada ga nisam zbog toga mrzeo. Naprotiv. Krao sam te trenutke u kojima bi pričao, i učio od njega o životu. O pravom životu. Može se reći da smo učili jedan od drugog i to nas je održalo na površini.

Patio sam što nemam njegov talenat za muziku. Ali imao sam drugi. Za pisanje pesama. S tim da ja svoj san nisam smeo da živim. Šta bi javnost učinila da sazna da je sin slavnog Henrija Kinga neka emocionalna senzibilna vreća? Šta bi on sam učinio? Ali Luj je znao. I nije mi dozvoljavao da odustanem. Onog trenutka kada je pronašao moju svesku sa stihovima trudio se da me u tome podrži i pomogne mi. Niko sem njega ne zna da sam autor mnogih svetski poznatih hitova upravo ja. Pisao sam stihove za svoju dušu. Ne za novac. Luj ih je prodavao pod šifrom. Nikada niko nije saznao da ja stojim iza toga. I ne treba da sazna. Ne zato što sam još uvek pod maskom svoga oca već zato što ne želim nikakvu slavu. Nikada je nisam ni želeo. Želeo sam samo da živim slobodno.

Možda kasno, ali jednog dana, pre godinu dana, kada mi je sopstveni odraz u ogledalu postao mrzak rešio sam da učinim nešto za sebe. Ko si ti? Pitao sam čoveka koji me je gledao. Video sam ogorčenog, frustriranog čoveka koji je veći deo dana nervozan i besan, koji je zaboravio šta znači osmeh. Čelično lice, namrgođenost koja odiše autoritetom... svi delovi maske koje je moj posao zahtevao... bili su tu. Ali mene više nije bilo. Stopio sam se iza nje. Dani iza mene nizali su se neverovatnom brzinom i, što je najtužnije, uopšte ne znam gde su prošli ni na šta su potrošeni. Tu sam gde jesam. Bogat i sam. Nisam siguran ni da bih sada više mogao nekoga da volim, nisam siguran ni da znam šta je ljubav, ali mogu sebi priuštiti slobodu.

Tog dana sam dao otkaz i nestao sa scene. Svi su bili u čudu. Svi su pokušavali da dopru do mene, bezuspešno. Bio sam odlučan. To mi je ostalo u krvi. Kada jednom donesem odluku stojim iza nje. Nema povratka. Očekivano, otac mi nikada nije oprostio. I danas razgovaramo samo službeno. Kao da je ikada i bilo drugačije.

Imao sam dovoljno novca i prilive od investicija da ne brinem o budućnosti. Ali više nisam imao „prijatelje", niti s kime da uživam u njemu. Ali sam zato mogao da pišem. Moji stihovi bili su moj beg, moj lek, moje društvo.

I išlo mi je prilično dobro, počeo sam da se vraćam čoveku koji sam nekada davno bio. Kojeg sam ostavio negde usput. Sve dok me pre par meseci inspiracija nije napustila. Tek tako... nestala je. Mislio sam da je u pitanju privremena blokada, ali nije bilo svetla na kraju tunela. Luj je imao običaj da kaže da se to dešava svim umetnicima. Ali šta znam ja šta je umetnost... običan laik koji je želeo nešto čemu nije dorastao. Moja frustracija je bivala sve jača, da je polako pretila da preraste u depresiju. Nisam nalazio zadovoljstvo ni u čemu. Nisam mogao ni sedeti i ne raditi ništa. A šta sam drugo znao da radim kada sam godine posvetio samo berzi. Nisam želeo da se vratim na to. Vrteo sam se ukrug.

Prošle nedelje Luj me je posetio i nagovorio da odsednem neko vreme u njegovom stanu koji je imao na Azurnoj obali. „Ne govore uzalud da je to mesto biser Francuske, videćeš, sigurno će ti prijati i vratiti ti inspiraciju. Samo budi strpljiv. Opusti se i ništa ne forsiraj." I tako sam se našao ovde. U Mentonu.

I zaista, gradić je izuzetno lep i prijatan, živopisnih boja, kućica naslaganih jedne na drugu, uz samu obalu, nešto nesvakidašnje. Simbol grada je limun i zato ga možete videti na svakom koraku, dok se u vazduhu miris meša sa mirisom mora. Ipak, do danas, do ovoga trenutka nisam pronašao mesto koje bi mi donelo potreban mir. Ovaj stočić kraj stabla me je takoreći pozvao sebi. Možda još uvek nisam pronašao svoju inspiraciju, ali barem sam povratio dah.

Blagi nemir ni nalik onom frustirajućem me je protresao iz misli... još se neki miris mešao sa postojećim. A onda sam postao svestan njene prisutnosti.

— Izvolite vašu kafu.

Lagano i tako graciozno je spustila šoljicu ispred mene, kao da je za sam taj čin učila na Konzervatorijumu. A onda pored nje i tacnu sa tri malena kolačića.

— Ali rekao sam da ne želim kolače — ispljunuo sam zbunjeno.

Sa istom smirenošću mi se ponovo osmehnula.

— Oh, ne, ovo je na račun kuće. Tačnije, svaki sto ih dobija, šta god poručili. Neki čak samo zbog njih i dolaze. To su takozvani kolačići sreće. Kolači su simbolično od limuna, jestivi naravno, ali svaki od njih u sebi nosi neku poruku. Probajte! Čvrsto verujem da se nećete pokajati. Uostalom, ko zna, možda vam i stvarno donesu sreću ili putokaz. Prijatno!

Završivši svoje izlaganje, sa osmhom, blago pognute glave se udaljila. Najpre dva koraka unazad, kako mi ne bi odmah okrenula leđa. Bio sam sposoban samo da klimnem glavom.

Posle par minuta uživanja u kafi, koja je moram priznati gotovo ista kao originalna, što nisam očekivao, bacio sam pogled na kolačiće koji su ležali na stolu ispred mene i u sebi se nasmejao. Kolačići sreće, možeš misliti! Ali dobar marketinški trik, moram priznati.

Nisam imao nameru da ih probam, nisam nikada bio ljubitelj slatkiša. Još jedna od „vaspitnih" mera mog dragog oca. „Pravi muškarci ne jedu slatkiše." Odmahnuo sam glavom sa povratkom frustracije.

Kada sam zatražio račun da platim devojke koja me je uslužila nije bilo ni na vidiku. Račun je donela druga devojka, moram priznati možda još i lepša ali ni po čemu posebna kao ona prethodna koja je imala neku čudnu energiju.

— Niste probali Eline kolačiće sreće? — rekla je kroz osmeh, ne podižući pogled ka meni dok je vraćala kusur.

— Eline kolačiće? — pitao sam zbunjeno.

Podigla je glavu ali ne i pogled i odmahnula rukom kao da je pogrešila što je to rekla, ali moj je odlučni pogled naterao da objasni.

— Eli — pokazala je rukom ka unutrašnjosti lokala.

Tada sam tek spazio i tablu sa nazivom lokala. *Elmon*. Pa, pretpostavljam da je ono bila Eli i da je ovo njen lokal.

— Nema veze, izvinite, prijatan dan vam želim.

Kako je dohvatila tacnicu sa kolačićima ja sam je blago uhvatio za zglob što je zbunilo i nateralo da zastane. Dohvatio sam salvetu sa stola i u nju zavio jedan od kolačića.

— Poneću onda jedan sa sobom, da ne uvredimo Elin trud.

Oboje smo klimnuli glavom i ja sam nastavio dalje uz obalu, čekajući da noć proguta dan.

Kada sam se posle par sati vratio u stan iscrpljen, ali i dalje bez sna, zastao sam u kuhinji kako bih popio vode i našao nešto malo žešće što bi mi moglo praviti društvo u ovoj prelepoj letnjoj noći na terasi. Dok sam jednom rukom iz frižidera vadio bocu, drugom sam iz džepa vadio telefon i tada je pao smotuljak u maramici na koji sam zaboravio. Nasmejavši se sebi u brk poneo sam ga sa sobom i kada sam se udobno smestio rešio da ga polomim i vidim kakvu mi to poruku šalje. Skoro zabavljeno sam smrvio kolačić na salveti i pronašao poruku:

Danas si prolio svoju poslednju suzu. Sutra će sreća zakucati na tvoja vrata. Sutra je drugi dan.

II

- Eli -

Prošla je čitava večnost otkako me je neki muškarac zaintrigirao. Ali ima nečeg u tom strancu koji se pojavio niotkuda i zauzeo moje omiljeno mesto u kafeu. Nešto se krije iza tog mrgodnog pogleda što me vuče kao magnet. Zrači muževnošću koju nisam skoro srela. I znatiželja da otkrijem drži me ushićenom poput šiparice, dok se krijem iza pulta posmatrajući ga. Ovde je već treći dan. Pitam se koliko će dugo ostati u gradu? Turista je, verovatno ne više od par dana. Oblak razočaranja prekrio je moj osunčani osmeh. Nije baš raspoložen za razgovor, rekla bih. Mada nisam preterano ni insistirala, kako ga ne bih oterala. Očigledno je da je u potrazi za mirom. Dugo ostane tamo, sedeći i gledajući u daljinu. Ponekad nešto pribeleži u tefteru koji nosi sa sobom. Volela bih da mu mogu ući u misli.

Toliko je turista prošlo ovuda, ali nijedan me još nije toliko zaintrigirao. Deluje tako otmeno, ali ne i nadmeno. Nešto mi govori da je njegov mrgodni pogled rezultat nečeg drugog. Kako god, nikada neću saznati, ali ću makar uživati u pogledu dok mogu. Nasmejala sam se sama sebi i odmahnula glavom.

U svakom slučaju je osveženje za oči, a i melem za dušu. Ne znam kada su muškarci prestali to da budu. Ili se bar negde vešto kriju. Čast izuzecima koji ovako ponekad izmile. Ali takvi su uglavnom već zauzeti. Davno sam izgubila nadu da ću ikada sresti nekog dovoljno dobrog za sebe. Nemojte me shvatiti pogrešno, daleko od toga da mislim da sam savršena i da zaslužujem „princa na belom konju", samo nekog čije bi se mane dobro uklopile sa mojima. Realna sam. Možda je to problem? Kako god, realnost je i da je sve otišlo do đavola. Ne znam tačno u kom trenutku su se uloge zamenile i momci počeli da se depiliraju i nose takoreći helanke, a devojke idu u vojsku i nose puške. Sve se izokrenulo i izgubilo smisao. Iako volim svoju nezavisnost i ne bih je menjala ni za šta, ponekad patim što se nisam rodila ranije. U onom vremenu kada se znalo šta je porodica, ko je muškarac, a ko žena. Danas svedočim brakovima u kojima žene vuku muškarce dok se oni ponašaju kao razmažene curice. Nije ni sva krivica njihova, žene su jednako krive za opštu neravnotežu. Sve lakše dostupne, muškarcima ne ostavljaju prostora za onu prirodnu borbu koju poseduju da osvajaju ženu, da se trude. Vremenom su shvatili i postali lenji, jer je dovoljno samo da čekaju koja će im se ponuditi. Oni koji malo drže do sebe, ili ne žele takve, uglavnom odu u drugu krajnost i ne žele nikakve.

Evo peti profil koji gledam na instagramu istog žanra. Jedan putuje sam svetom, drugi šeta psa i provodi sve svoje vreme sa njim, treći sa konjima. Ponosno pokazuje svoju ergelu sa kojom dočekuje izlaske i zalaske sunce. Impresivni snimci, zaista. Šteta je samo u tome što ih niko ne deli sa nekom devojkom. Ja bih recimo zaista uživala i u putovanjima jednako kao i u konjima, da ne govorim koliko obožavam pse... pa zar ne bismo recimo mogli sve to zajedno da radimo? U čemu je problem? Nisam dokučila.

Međutim, u jedno sam sigurna. Radije ću ostati sama nego bilo koga držati na grbači, ako je to jedino što se nudi. Držim se parole da je bolje biti sam nego u lošem društvu. Jer to zaista i jeste tako. I ne mogu shvatiti nikoga ko se zadovoljava bilo čime samo da bi rekao da nije sam. Samoća nije tako loša i depresivna stvar kakvom je mnogi zamišljaju. Ukoliko umete da je cenite može biti i oslobađajuća.

Misteriozni stranac mi pomera fokus jer ustaje i odlazi. Primetila sam da ponese svoj kolačić sreće tek kada ustane i krene. Pitam se šta radi sa njima?

Pokušavajući da ostavim te misli za sobom zajedno sa zgodnim strancem kome su pripadale, vratila sam se pravljenju svog lava kolača. Reklo bi se da je reč o običnom čokoladnom kolaču i za laike verovatno tako i deluje. Kao kolač koji se sasvim lagano pravi. Ali daleko je od toga. Glavna stvar kod ovog kolača je pogoditi tačno vreme pečenja, tačnije izvući ga na vreme iz peći tako da čokolada unutra ostane tečna i razlije se poput lave jednom kada ga probate, a opet da ne ostane nepečen. Vidite? Uopšte nije lako. Čak ni za poslastičare sa godinama iskustva iza sebe. Sam tvorac ovog kolača, Mišel Bra, radio je dve godine na ovom receptu kako bi pronašao savršenstvo. Ja se trudim već više od jedne godine. Možda kada se budem približila... konačno i uspem. Daleko od toga da su sve dosadašnje varijante bile loše, ali takođe, volim da sve što radim dovedem do savršenstva.

Nakon što sam konačno izlila kolače u kalup ostavila sam ih u zamrzivaču gde treba da ostanu minimum šest sati. Taman koliko je vremena potrebno da pomognem Mari oko gostiju.

Mari je pre ću reći pomoćnica nego konobarica. Studirala je na daljinu jer je ovde imala baku o kojoj se brinula i bio joj je potreban dodatni novac. Rado sam pristala da je primim kod sebe. Svesno znajući da niko drugi verovatno neće znati da ceni njen trud dovoljno. Dogovorile smo se da će raditi po šest sati, dok se ja bavim pripremom u kuhinji, nakon čega preuzimam posao, kako bi ona imala dovoljno vremena za učenje. Ostala je sa mnom već gotovo dve godine i odlično joj je išlo balansiranje svih obaveza. Zadovoljstvo je bilo obostrano, a postale smo i jako bliske, da je mogu tretirati i mlađom rođakom. Leti, kada je najveći špic sezone turista, u pomoć nam pritiče i njen prijatelj Nik. Njemu to nije potrebno, ali rado to čini zbog nje. Više je nego očigledno koliko je zaljubljen u nju i načini na koje joj to pokazuje su zaista za divljenje. Gledajući njih dvoje imam nadu da još uvek negde postoji nešto lepo i vredno.

Sem njih dvoje, uveče bi dolazila i gospođa Doli radi čišćenja, a osim podova i sudova znala je svojim iskustvom i pričama da očisti i dušu, kada je to bilo potrebno.

Kada je i poslednji gost otišao pokupila sam čaše i zatvorila. Imam taman dovoljno vremena dok Doli ne dođe da napravim limunove kolače u koje ubacujemo porukice. Dohvatila sam kutiju sa porukama i prinela je radnoj površini. Oduvek sam se pitala gde nalaze inspiraciju za pisanje ovih porukica.

Nabavljala sam ih preko interneta od momenta kada sam došla na ovu ideju, ali nikada nisam saznala ko je njihov autor, niti ih podrobnije proučavala.

Njih sam pravila svakodnevno kako bi bili sveži. Sve što preostane, od njih, ali i drugih kolača koji nisu mogli imati duži rok trajanja, nosili smo u sklonište za napuštenu decu. Njima su bili posebna radost i to me je ispunjavalo.

Pogledala sam u kutiju u kojoj stoje i videla da je od današnjih ostao samo jedan. Zanimljivo. Uzela sam ga sebi. Da vidimo šta sreća ima meni da poruči. Nasmejala sam se sama i polomila kolač. Nedostatak vremena uzrokovao je da preskačem obroke, kao što je to bio slučaj danas, pa je samo topljenje kolača u ustima već bila sreća za moj želudac. Razmotala sam papirić:

Ljudi u vašem okruženju biće kooperativniji nego inače.

Nasmejla sam se sebi, zakolutala očima i zgužvala papirić. Ljudi u mom okruženju već su dovoljno kooperativni. Ne vidim kako i zašto bi to bilo šta promenilo. Slegnula sam ramenima i sa uzdahom prionula na posao.

III

- Dominik -

Gledao sam u tri razasute poruke na stolu pored mene i nasmejao se sebi. Kao da sam napravio neku vrstu rutine sa njima. Svakodnevno sam uzimao iz tog kafea kolačić koji bih uveče otvarao i gledao pred sobom. Počeo sam da ih skupljam. Zašto? Ne znam, verovatno ludim... ipak, bilo je nešto u tim porukama. Kao da su mi davale neki trag, put ka mojoj inspiraciji. Znate, kao ono kada se želite nečeg setiti i ne ide vam, ali imate osećaj da znate, „na vrh jezika" je, ali nikako da izgovorite. Takav su mi osećaj davale. Znao sam da se među tim ispraznim redovima krije nešto, vodile su me nečemu i, iako nisam znao kuda, nastavio sam da ih pratim.

Tajna napretka je u početku. Samo kreni... pisalo je na današnjoj. I to je bio dovoljan dokaz da nastavim dalje. Nada je bila tu. Ispod nje je bila jučerašnja:

Promena može biti bolna, ali vodi nečemu boljem.

Proučavao sam te reči u potrazi za odgovorom. Nisam ga nalazio, ali nisam mogao ni da suspregnem svoj osećaj ushićenja da dočekam novo jutro što pre, kako bih otišao po svoj novi kolačić. Da, mogao bih sve da ih kupim i lomim jedan po jedan dok ne složim neku sliku u glavi. Ali znao sam da to nije rešenje. Ima nečeg u tom slatkom iščekivanju i u tome da svakog dana dobijem i pogled na tu devojku, Eli... odakle je to sada došlo? Ni na to nisam imao odgovor. Ali njen lik igrao je važnu ulogu u mom umu i to je još jedna zagonetka koju treba rešiti.

Fizička aktivnost godila je mom mentalnom zdravlju pre svega, te sam se trudio da je ni ovde ne zapostavim. Svakog jutra bih trčao stazom uz obalu, a onda se spustio do svog, sada već omiljenog mesta na kafu i po svoj kolačić. Samo što sam zauzeo svoje mesto i upio pogled koji se pružao preda mnom, udahnuo sam punim plućima i kao da ju je moj uzdah dozvao, stvorila se preda mnom. Eli.

— Uobičajeno? — pitala je osmehom možda i najlepšim koji sam do tada video. Možda sam samo umislio, ali oči su joj sijale posebnim sjajem kada me je videla. Izmamila je i moj osmeh, na moje opšte zaprepašćenje, te sam klimno glavom u znak odobrenja. Brzo je uzvratila i povukla se.

Čakajući svoju „proročicu" vratio sam se horizontu kada mi je telefon zazvonio.

— Majda?

— Hej, druže. Imam dojavu da si na našoj teritoriji.

— Luj nije mogao da drži jezik za zubima, ha?

Majda je bila naša drugarica sa fakulteta. Bili smo zaista bliski tokom studija, i, iako se ona udala i stvorila porodicu, trudili smo se da ostanemo u kontaktu.

— Nemoj ga kriviti. Nije namerno. Izletelo mu je kada sam ga nazvala da mu stvaram zazubice jer sam igrom slučaja u njegovom gradu, ali je on iznenadio mene, rekavši da si ti ovde. Tu sam samo danas, ako si slobodan mogli bismo da se vidimo?

— Naravno, bilo bi mi drago.

Plač deteta sa druge strane već mi je govorio da je ona ta koja ima malo vremena. Imala je bebu od godinu dana i poslednji put smo se i videli kada se porodila. Zaista bi bilo lepo videti je ponovo.

— Mark je imao nekog posla da završi a mi smo ostali zaglavljeni ovde u jednom restoranu. Misliš da ćeš moći da dođeš ovamo? Meni će biti malo teže...

— Naravno, pošalji mi lokaciju.

— Sjajno. Šaljem ti i čekam te.

Čim sam prekinuo vezu, Majda mi je poslala lokaciju. Dok sam je proučavao Eli se stvorila sa šoljom kafe. Pre nego je spustila ispred mene obratio sam joj se:

— Izvini, možeš li mi pomoći oko ove lokacije. Rekao bih da je u blizini...

Oslobodila je ruke spustivši tacne na sto i uzela telefon iz mojih ruku.

— Jeste, to je samo dve ulice naviše — pokazala je rukom u pravcu u kome bi trebalo da idem.

Skočio sam sa stolice prekinuvši je u pola reči i uzimajući joj telefon iz ruku.

— Super, hvala ti — rekao sam nehajno.

— Ali, vaša kafa... — pokazala je rukom zbunjeno.

— Oh, oprosti, neću moći sada... svakako ću je platiti... — posegnuo sam rukom u džep za novac.

Podigavši glavu zatekao sam njeno lice koje je odisalo razočaranjem.

— Nadala sam se da ćete možda probati i moj novi lava kolač, prvi put je uspeo da ispadne savršeno...

— Lava kolač? — pitao sam zbunjeno žureći i ne obraćajući mnogo pažnje na ono što govori. — Nisam ljubitelj kolača...

— Da, izvinite... — pomerila se da prođem.

Gurnuo sam novčanicu prema njoj, ali je podigla ruku gurajući moju nazad.

— Ne! To neće biti potrebno, zaista. Niste kafu čak ni probali.

— Ali sam je naručio, neću vam praviti nepotrebni trošak.

— U redu je, zaista.

Skupila je encer sa kafom i kolačićima, okrenula se i nestala brzinom munje, ostavivši me otvorenih usta. Spustio sam novac na sto i požurio da se nađem sa Majdom nemajući sada vremena za raspravu.

Negde usput shvatio sam da sam danas ostao bez svog kolačića sa porukom. I ta mi misao uopšte nije dobro legla. Još gore, shvatio sam da sam Eli prvi put video bez osmeha i činjenica da sam možda ja uzrok tome pala mi je još gore.

IV

Zašto mu nudiš kolač? Zašto? Koliko ti je puta čovek rekao da ne voli kolače? Šta si mislila? Da će ostati zbog tvog kolača koji si uspela da napraviš savršeno posle dvesta pokušaja? Ko si ti?! Prekorevala sam samu sebe nakon što sam se vratila za šank. Stala i duboko uzdahnula držeći se za glavu. Gde mi je pamet bila? Šta mi se desilo? Nisam razmišljala, samo sam brbljala kako bih ga zaustavila. Zašto sam htela da ga zaustavim? To je dobro pitanje. Turista kao i svaki drugi... hm.

Kako i dalje nisam trezveno razmišljala, mahinalno sam skinula kecelju koja mi je bila opasana. Mari se u tom trenutku pojavila.

— Jesi li dobro? — upitala je zabrinuto.

— Mari... pazi na kafe, u redu? Brzo se vraćam.

Ne dajući joj vremena da me bilo šta pita, izletela sam poput metka. Noge su me same nosile. Moja radoznalost bila je jača od razuma. I našla sam se na mestu gde sam maločas poslala gospodina Čudnog. Da vidimo šta je to toliko hitno bilo?

Kažu da je radoznalost ubila mačku. Danas sam ta mačka ja. Imala sam šta da vidim. Sedeo je za stolom sa ženom i u krilu držao dete, još uvek bebu takoreći. Gledao je sa toliko nežnosti i pažnje, na licu mu se ispisivalo zadovoljstvo. Ima predivan osmeh koji sam sada prvi put imala prilike da vidim. Žena pored njega smejala se tom prizoru, takođe uživajući. Bila je tako lepa, doterana, prava dama. Osetila sam ubod tuge. Pre nego se nekom reakcijom otkrijem brzo sam se povukla i krenula nazad.

Nisam bila spremna da se odmah vratim unutra, zato sam se smestila na svoje mesto. Iza kafea bio je poseban čarobni kutak sa klupicom koji nisam želela da delim sa gostima. Ostavila sam ga sebi. Okružen zelenilom, sa pogledom na more, pomagao mi je da povratim mir i nađem snagu kada pokleknem.

Nisam mogla sliku izbrisati iz uma. Uvek bi bilo tako kada vidim sliku neke srećne porodice. Bilo bi mi drago, ali bih osetila ubod tuge jer nikada nisam mogla to da iskusim. Posebno bih se topila kada vidim oca sa detetom.

Ja svog oca nikada nisam imala prilike da upoznam, a kamoli da podelim neki trenutak sa njim. Preminuo je pre nego sam se rodila. Mislila sam da će sa godinama postajati lakše, da će druge stvari pokriti taj nedostatak, ali to se nije desilo. Postajalo je sve gore.

Kao dete nisam lepo ni razumela šta se dešava oko mene, niti sam mogla razumeti bol moje majke. Kada bi moji drugari u školi pričali o svojim očevima svaka bi se priča svela na isto. Otac je imao autoritet, dok su im majke bile utočište. Beg od očeve ljutnje, uteha, neko sa kime dele sve svoje tajne. Zato sam mislila: pa nama je onda i bolje bez njega. A onda bih osetila ubod krivice.

Ali iz istog razloga, moja majka nije bila takva majka. Morala je biti stub, i otac i majka i potrebni autoritet. Zato nikada nismo izgradile blizak odnos, toliko da joj bilo šta mogu reći ili poveriti. Nije me mogla kao majka prigrliti i posavetovati, jer je morala biti autoritet, morala je da ima jačinu i ponašanje oca kako se ne bi osetio njegov nedostatak u mom vaspitanju. I zaista je uspela u tome. Vaspitanje je bilo uspešno. Ali je moje srce ostalo željno ljubavi i pažnje. Dete u meni je ostalo željno da bude razmaženo. Nismo imali kada. Mama je radila i po dva posla kako bi nas prehranila. Ali nikada ni u čemu nismo oskudevali. Uvek je svega bilo dovoljno. Potrudila se i da mi pruži obrazovanje i krov nad glavom. I sve sam to i cenila i poštovala. Moja je glava bila bezbedna, moj stomak uvek pun, telo obučeno, ali srce... nikada dovoljno ispunjeno.

Volim svoju majku možda više nego iko na svetu. Strah da bih mogla i nju izgubiti terao me je da u mnogo čemu i preterujem kada je ona u pitanju. Vremenom, kako sam odrastala, primetila sam da je tu činjenicu počela i da koristi i emocionalno manipuliše mnome, ali nisam mogla ništa. Uvek bih joj našla opravdanja u zloj sudbini koja je snašla. Plašila se, znam, iako nikada taj strah nije pokazala.

Drugi bih ubod krivice osetila onda kada nisam mogla da žalim za svojim ocem onda kada su svi to radili. Gledala sam u zemlju. Može li čovek žaliti za nekim koga nikada nije upoznao. Kako? Pitala sam se. Da li sam kriva ukoliko ne mogu da plačem za njim? Vremenom sam naučila da plačem. Za svim propuštenim trenucima koje nismo mogli imati. Stalno bih se pitala koliko bi drugačiji moj život bio da je on živ? Da li bi bio bolji ili gori? Možda bih živela gore nego sada. Ali opet, mojoj bi majci bilo i bolje i lakše i to je bio dovoljan razlog da žalim.

Nikada nisam osetila kako izgleda prava porodica. Nisam gledala kako se muškarac i žena ponašaju u braku. Kako zajednički život treba da izgleda. Nadala sam se da ću stvoriti svoju porodicu, međutim ni to se nije dalo desiti. Upravo iz tih razloga i tog nedostatka, nikada nisam umela da se ponašam u vezi. Nisam ni u jednoj izdržala duže o mesec dana. Ja ne umem da živim udvoje. Nikada nisam uspela da prevaziđem tu prepreku. Znam da nisam jedina koja se našla u takvoj situaciji, ali eto, mene je obeležilo i nisam uspela da pronađem put ni rešenje.

I moj čudni gospodin ima porodicu. Verovatno je zato tako uzdržan. Nasmejala sam se sebi. Naravno da je zauzet. Koja je verovatnoća bila da je takav primerak i dalje na tržištu. Uostalom, sve i da jeste, šta bi ti sa njim? Pogledaj se. Toliko… „obična"… jesi li videla ženu pored njega? Zajedno izgledaju kao milion dolara. Gde si ti, a gde je on… hajde Eli, vrati se svojim kolačima. Izvuci iz džepa onaj osmeh koji imaš za svet. Ostavi suze za noć.

V

- Dominik -

— Ne mogu da verujem kako je porasla! — opčinjeno sam gledao Majdinu ćerku kako je pružala ručice ka meni.

— Eee, čika Dome, dugo te nije bilo — Majda je dobacila vraćajući joj cuclu nazad.

— U pravu si. Nemam opravdanja.

— Luj mi je pomenuo da si upao u neku vrstu „krize” i da te je zato poslao ovamo... dobar izbor. Verujem da će ti goditi. Kako napreduje? Koliko planiraš ostati?

— Iskreno, nisam razmišljao o tome, nisam uslovljen odlaskom. Prija mi, makar fizički, to je sigurno. Ostaću još neko vreme. Ne znam, videću... — rekao sam neodređeno gledajući u daljinu jer zaista ni sam nisam znao. Prvi put sam u životu bio list na vetru.

Majda je stavila ruku preko moje.

— Nadam se da ćeš uskoro naći to što tražiš, šta god bilo. Ako ti treba bilo kakva pomoć znaš da možeš računati na mene.

Pokrio sam njenu ruku svojom.

— Znam, hvala ti.

Proveo sam sa Majdom veći deo dana, što mi je jako prijalo. Bila mi je kao sestra koju nisam imao. A opet, prijatelj sa kojim sam mogao da se posavetujem i oko ženskih stvari koje nisam razumeo. Ipak, ni sada ne razumem žene i mislim da nikada i neću.

Vraćao sam se ka stanu šetajući uz obalu. Koliko god se osećao ispunjenim nakon što sam video svoje ljude, i dalje me je neki crv izjedao iznutra. I koliko god mi teško bilo da to priznam, razlog tome bila je ta devojka Eli. Nije me napuštalo njeno snuždeno lice kada sam rekao da odlazim. Smeo bih se kladiti da je bila razočarana. Poneo sam se nekulturno i mislim da joj dugujem izvinjenje. I to će biti prvo što ću ujutru uraditi.

Te sam noći sanjao jako čudan san. Ulazio sam u neki kafe i za jednim od stolova sedela je Eli sa nekim. Pokušavao sam na sve načine da joj privučem pažnju, na kraju joj i prišao, ali me jednostavno nije videla. Kao da sam vazduh, kao da ne postojim. Samo je sedela tamo sa nekim, pričala i smejala se. Svaki moj pokušaj da joj se obratim je ostao prazan jer me nije videla. Našao sam se u agoniji. Pokušavao da govorim, ali nisam mogao. Onda je do mene dotrčalo dete koje sam uzeo u naručje, kao spas. Bukvalno sam se tako i osećao kada sam ga uzeo, kao da sam spašen. U dečjoj ruci stala je poruka. Kao one koje sam izvlačio iz kolačića. Otvorila je ruku ka meni i ja sam pročitao:

Čuda se dešavaju, snovi se ostvaruju.

VI

- Eli -

Skočila sam iz kreveta oblivena znojem. Košmari su se opet vratili. Javljali su se sporadično. Ovaj je bio i više nego čudan. Sanjala sam gospodina Čudnog. Tražio me je okolo, a ja sam to posmatrala sa nekog drveta na koje sam se popela. Nije me mogao naći i postajao je očajan, a onda sam mu pružila ruku. Njegovo se lice ozarilo kada me je ugledao i sa osmehom se uhvatio za nju. Vukla sam ga nagore i penjao se takvom lakoćom, a kako bi koji korak napravio, tako bi drvo sve više zelenilo. Od osušenog je bivalo sve zelenije. On je hodao uz njega sve lakše i oboje smo se smejali. Dok jedna grana na koju je stao nije pukla i sve se rasulo. Nisam mogla da ga uhvatim. Padao je velikom brzinom i pod njim se otvorila provalija u koju je padao. Sve je postalo crno i postala sam svesna samo svog vriska, sa kojim sam se i probudila.

Snovi bi me uvek opterećivali. Pogotovo kada sanjam nešto loše. Od jutra bih bila nervozna iščekujući šta će se desiti. Kao što bi mi, što je bila retkost, oni lepši izmamili osmeh. Možda snovi zaista jesu neko predskazanje, a možda je sve samo autosugestija. Ipak, na njih ne možemo uticati niti ih možemo birati. Ovaj je dan osuđen na propast.

Trudila sam se da korigujem sebe, da ne dozvolim više da takve stvari utiču na mene. Da zaista verujem da je sve samo rezultat autosugestije i da ako ja krenem sa mišlju da će se desiti nešto loše nikako drugačije ne može ni biti. Zato sam prisilila sebe na osmeh i celim putem do kafea u sebi ponavljala kako će danas bit lep i uspešan dan. Nemir me nije napuštao, ali nisam ni ja svoju novonastalu mantru. Strpljenja, govorila sam sebi. Upornošću ćeš se navići i prihvatiti da stvari tako posmatraš.

Put do kafea nije bio dovoljno dugačak da usvojim svoju novu odluku, ali se nisam predavala. Čak ni kada su mi izgoreli kolači sa limunom, što se nije desilo čak ni kada sam bila na početku svog posla. Uzdahnula sam duboko, prosula ih i nastavila da bodrim sebe. Kako je smesa za druge kolače bila već spremna odlučila sam da u njih ubacim porukice da bi ih imala za prvo vreme dok ne stignu novi sa limunom. Ljudi ionako kod njih ne obraćaju toliko pažnju na ukus, ono što im je zanimljivo su upravo te porukice. Još jedan vid autosugestije, pomislila sam. Ako neko pročita da će mu dan biti lep prihvatiće to i tako se ponašati. Sve je u umu, ponavljala sam sebi. Kao kada popiješ lek jer znaš da će ti umanjiti bol. Kada bi neko zamenio pravi lek nekom običnom bombonicom a da vi to ne znate, verujem da bi bol takođe uminuo jer biste verovali da ste popili lek za to. Ali teško je kada trebate sami sebe ubediti u suprotno od onoga što osećate.

Pokušala sam i ja sa porukom. Promešala sam rukom punu kutiju koja je bila preda mnom i izvukla jednu:

Ne budite obeshrabljeni, jer svaki makar i pogrešan pokušaj je korak napred.

Hm... pa valjda je to dovoljna motivacija. Gledala sam u taj papirić duže nego obično, a onda odlučila da ga zakačim na svojoj tabli gde inače kačim sve svoje dnevne beleške, spisak za nabavku i druge bitne stvari. Tako da mi uvek bude na oku i podseća me da ne odustanem.

Stavila sam kutiju sa novopripremljenim kolačima na šank i ubacila nove od limuna. Već smo počeli sa radom i Mari je usluživala prve goste. Okrenula sam se od rerne i pred sobom ugledala gospodina Čudnog. Ni manje ni više. Najpre sam mislila da ludim i da mi se pričinjava. Zatvorila sam oči na tren i odmahnula glavom, pa pogledala ponovo, ali bio je tamo. Stajao kao kip sa druge strane šanka sa rukama u džepovima samo me posmatrajući, ne progovarajući.

Kada je nakon nekoliko trenutaka situacija postala blago čudna odlučila sam da ja progovorim prva.

— Dobro jutro? — rekla sam upitno ga gledajući i kao da je tek tada postao svestan gde se nalazi. Razgledao je okolo pa ponovo vratio pogled na mene. Osmehnuo se. Jedva primetno. Ne onako široko i iskreno kako je to činio juče sa ženom. To kratko podsećanje me je ponovo bocnulo kao iglica pod rebrom.

Prišao je i seo za šank pa uzvratio pozdrav. Potrudila sam se da ostanem profesionalna.

— Uobičajeno?

Klimnuo je glavom. Dok sam se okrenula da pripremim kafu nastavila sam da govorim. Nije trebalo, ali me je nešto teralo. Moja se profesionalnost sukobljavala sa iglicom koja me bockala, što se moglo primetiti u mom tonu koji je zvučao besno iako nije trebalo. Pokušaj da ga sakrijem iza lažnog osmeha takođe nije dobro prošao. Pogledala sam na tren na papirić koji sam maločas zakačila i nasmejala se sopstvenoj ironiji. Svaki pokušaj, makar i loš je korak napred. Samo ne znam ka čemu… Okrenula sam se i stavila kafu pred njega.

— Porudžbina je uobičajena, ali mesto nije — pokazala sam blagim pomeranjem glave ka stolu za kojim je uvek sedeo.

Ispratio je moj pogled i vratio svoj ponovo na mene blago se nasmejavši. Ovog puta su mu se čak videli i zubi. Eto, pokušaj za pokušajem i najzad je uspeo, pomislila sam.

— Tvoja konobarica mi je rekla da ću te ovde naći.

— Mene?

— Da. Mislim da ti dugujem izvinjenje za svoje jučerašnje ponašanje. Imao sam hitan poziv i žurio… međutim, to ne bi smelo da mi bude opravdanje što sam tako lako odgurnuo tvoju ljubaznost u stranu tom prilikom. Zaista sam se osećao loše zbog toga. Uzgred, ja sam Dominik — rekao je i pružio mi ruku.

Da, možeš misliti. Jako se loše osećao jer je ostavio jednu konobaricu dok je jurio svojoj ženi. Šta pokušava ovaj lik? U trenu mi se srozao u očima. Ali, ako je nekim čudom ipak iskren, onda zaista blago ženi koja ga je ulovila.

Gledala sam u njegovu ispruženu ruku malo duže nego je bilo potrebno te na kraju pružila svoju.

— Eli. Ali to si već znao — pokušala sam da zvučim ljubazno, zaista jesam. — Nema potrebe za izvinjenjem, sve je u redu. Nisi ništa loše uradio.

Odmahivao je glavom.

— Naravno da ima i molim te da ga prihvatiš. Iako kasno, evo spreman sam da probam kolač koji si mi juče ponudila.

— Ali ti ne voliš kolače? — podigla sam obrve upitno kao znak da ga hvatam u laži.

— Ne. Nisam ljubitelj, priznajem. Ipak, danas ću napraviti izuzetak.

— Nažalost, nemamo ga više u ponudi. Danas nije na meniju.

— Je l'? Nisam znao da to tako funkcioniše — pogledao je okolo tako da sam gotovo poverovala da je razočaran. A onda je bacio pogled na kutiju sa kolačima na šanku pa je dohvatio. — Evo, onda uzeću jedan odavde.

Stavio je kolačić u usta i počeo da žvaće smejući se kao da time želi da dokaže svoju iskrenost. Taman kada sam zaustila da mu kažem da su u njima takođe poruke, da ne proguta papirić, počeo je da kašlje. Zakasnila sam, pomislila sam. Ali kada nije prestajao, brzo sam natočila vodu i brzinom munje se stvorila pored njega uspaničena, pokušavajući da mu pomognem. Dodala sam mu salvetu kako bi ispljunuo sadržaj, a on se i dalje gušio držeći jednu ruku oko vrata.

— Izvini, molim te izvini, ali dohvatio si ga takvom brzinom da nisam stigla da te upozorim. To su kolači sa porukama, sigurno ti je papirić zapeo. Izvini, izvini... — ponavljala sam uspaničeno mlatarajući rukama oko njega dok je on pokušavao da izbaci ostatak na salvetu koju sam mu dala. Papirić je bio tu, ali on je i dalje teže disao. Dala sam mu čašu vode i dok je pio primetila sam da mu se oko vrata i na rukama pojavljuje crvenilo.

Kada je malo došao sebi progovorio je promuklim glasom:

— U ovom kolaču je bilo kikirikija?

— Ddda, da, bilo je... jer su oni sa limunom jutros zagoreli i onda sam ja iskoristila tu smesu za.... — objašanjavala sam okrećući se okolo u panici kao da je to bitno u ovom trenutku, a onda konačno shvatila i rukama uhvatila glavu. — O, bože, alergičan si na kikiriki!

Klimnuo je glavom dok se češao. Mora da je video očaj na mom licu pa je pokušao on mene da uteši.

— Sve je u redu. Neću umreti... bar ne ako dobijem lek. Samo moram dobiti injekciju. Možeš li me uputiti do Hitne?

— Naravno, naravno, odvešću te ja.

Pojurila sam opet iza šanka po torbu i vratila se nazad.

— Nemoj se zamarati, samo mi... — blago se zaljuljao u stranu.

— OK, ni reči više, idemo — uhvatila sam ga pod ruku i u prolazu dobacila zabrinutoj Mari da pazi na lokal.

Dominika su odmah zbrinuli, a mene ostavili u čekaonici sa formularom koji je trebalo popuniti. Gledela sam u njega nesvesna bilo čega. Samo sam čekala da doktor izađe i potvrdi mi da je dobro. Otrovan gost baš i ne bi bio dobra reklama za poslastičarnicu, zar ne? Bože, šta me je snašlo. Zabacila sam glavu gledajući u plafon moleći suze da ostanu tu gde jesu, u uglu očiju i ne nastavljaju dalje. Pokušala sam da promenim svoj fokus i zabavim se formularom koji mi je u rukama. Ali nisam znala apsolutno ništa! Sve što znam o ovom čoveku je da se zove Dominik, ako je i to tačno, a i to sam saznala tren pre nego sam ga takoreći otrovala. Još jedan pozdrav mojoj frustraciji, dakle.

Doktor se konačno pojavio i ja sam skočila.

— Gospodin King je sada dobro. Sačekaćemo malo da injekcija potpuno deluje, taman će toliko vremena biti potrebno da završi sa infuzijom na koju smo ga dodatno priključili kako bi se malo osvežio. Možete ga nakon toga odvesti kući, ne bi trebalo biti nikakvih problema, no ipak budite noćas uz njega. Biće jako pospan i možda malo dezorijentisan. Svako dobro! — završio je klimajući glavom sa osmehom i nastavio niz hodnik.

Sestra je izašla iz sobe takođe mi se osmehnuvši u prolazu i klimajući glavom, na šta sam nesvesno uzvratila.

— Možete ući sada. Doći ću za nekih pola sata da skinem infuziju pa možete ići.

Ostala sam sama pred vratima, plašeći se da ih otvorim. Šta sam to uradila? Mogla sam da ga ubijem. Da li će me tužiti? To bi mi napravilo veliki problem koji bi me verovatno koštao posla, no nekako to me sada nije ni najmanje plašilo. Samo ono što ću zateći. Dominik King. Šta li će tek njegova žena uraditi kada sazna? To me je podsetilo. Pa da, on ima porodicu, trebalo bi im javiti. Ali i za to ću morati da uđem unutra i zatražim od njega podatke i broj telefona.

Uzdahnula sam duboko, zadržala dah i otvorila vrata.

Dominik je ležao sa ispruženom rukom na koju je bila priključena infuzija. Plašio me je i kočio taj miris medicinskog alkohola, a u kombinaciji sa iglama postajalo bi mi još gore. Najgore je što nisam mogla podneti da gledam tuđi bol. Ali sam se trudila da ostanem jaka. Crvenilo mu se u velikoj meri povuklo, pa to je bar uteha.

— Mogu se kladiti da ti trenutno izgledaš gore od mene — rekao je provocirajući me, na šta sam se upitno namrštila. — Bela si kao taj zid i prestrašena.

Nesvesno sam rukama dotakla lice što je izazvalo njegov smeh.

— Ne boj se, dobro sam, sve je u redu. Možeš slobodno prići.

Prišla sam polako i stala uz njegov krevet i dalje ne znajući šta bi trebalo da uradim.

— Nemoj se osećati krivom, ovo je moja greška, trebalo je da pitam kao što uvek činim, ali... nekako mi pamet nije na mestu kada... — zastao je i pogledao me podrobno.

— Kada? — tiho sam ponovila.

I dalje me ćutke promatrao.

— Jesi li dobro? — uzvratio je pitanjem.

Klimnula sam glavom i stavila kosu iza uha tek da bih nešto uradila sa rukama.

— Hmm... ovaj... ja... mmm... doktor je rekao da ćeš biti malo pospan i da bi bilo dobro da neko noćas bude uz tebe, pa sam te htela pitati za broj tvoje porodice kako bih ih nazvala da dođu.

Pogledao me je sa mrštenjem i za tren okrenuo glavu na drugu stranu pa je posle nekoliko trenutaka vratio.

— Moja porodica nije ovde. Ja nisam odavde — a onda je kroz zube procedio više za sebe nešto poput: — Sve i da jesu sumnjam da bi došli.

Pogledala sam ga zbunjeno poželevši da mu natrljam na lice njegovu laž jer sam ga koliko juče videla sa ženom i detetom, ali tako bih se odala da sam ga pratila.

— Jesi li siguran u to? — pokušala sam ponovo da ga nateram da sam kaže. Sve mi je manje bila jasna igra koju vodi.

Povukao se malo unazad čudnije me gledajući.

— Naravno da sam siguran! Ovaj lek izaziva pospanost a ne brisanje pamćenja. Živim u Njujorku. U Menton sam došao na odmor kod mog prijatelja Luja. Čak i u Njujorku sam živeo sam! — na kraju je rekao pomalo besno. Dobro, baš besno.

A ta je reakcija povukla i mene.

— Ali videla sam te juče sa ženom i detetom!

Podigao je obrve gledajući me kao da sam luda, a onda se blago namrštio kao da je sabrao dva i dva. Pa ponovo podigao obrve znatiželjno me gledajući.

— A gde si to tačno videla?!

OK, ovo nije bilo dobro. Odala sam se. Ali sam se za tren pribrala i shvatila da ako laže on mogu i ja.

— Ulicom… prošli ste zajedno ulicom — lagano sam slagala.

Sigurna sam da sam na njegovom licu videla osmeh. Tačnije suspregnut smeh. Šta sa ovim čovekom nije u redu?!

— Mislim da si definitivno nešto loše videla. Ili shvatila — značajno je podigao obrve, ovog puta me gledajući kao da treba da shvatim nešto. — To nisu bili moja žena ni dete.

— Oh? Tako? — ostala sam zatečena, crveneći pred njim. Ne znam ko su onda žena i dete, ni čiji su, ali sada ne mogu ni da pitam, jer bih se totalno odala. Ovako je moja laž dobro sakrivena i progutana.

Sestra je ušla i proverila infuziju, pa potom isključila i skinula mu iglu. Okrenula sam glavu na stranu da ne gledam, mršteći se, što mu nije promaklo.

— Sve je u redu. Injekcija je takođe delovala brzo. Možete ga sada odvesti kući — dodala je ka meni. — Samo, molim vas, ostavite popunjen formular na pultu.

Klimnula sam glavom. Kada je izašla potražila sam formular koji sam spustila na stočić i pokazala mu.

— Nisam znala nijedan podatak sem imena — slegnula sam ramenima.

Nasmejao se.

— Kakav čudan način da me bolje upoznaš.

Ponovo sam se zacrvenela i malo spustila glavu, što ga je podstaklo da nastavi sa provokacijom.

— Znaš... mogla si i samo da pitaš, nije bilo potrebe da me truješ...

Stavila sam ruke preko lica i frustrirano uzdahnula, a onda su one suze iz uglova očiju baš tada rešile da krenu niz lice. Jer tek tada adrenalin me je napustio i postala sam svesna sveg stresa koji sam pregurala u zadnjih par sati.

Dominik se onda uozbiljio i povukao moje ruke nadole kako bi mi video lice.

— Hej, hej, samo sam se šalio. Sve je redu. Vidi — pokazao je rukama na sebe. — Dobro sam. Sve je prošlo. Hajde, možeš li da popuniš te podatke za mene pa da idemo?

Klimnula sam glavom šmrcajući.

Deset minuta kasnije znala sam sve generalije o Dominiku Kingu. Godine, visinu, težinu, zanimanje... sve osim tajni koje su se krile iza tih očiju koje su neumorno nešto tražile.

VII

- Dominik -

Video sam strah na Elinom licu. Toliki da je bio opipljiv. Zabrinutost. Ne mogu da lažem. Prijalo mi je to. Možda sam sebičan, ali prijao mi je osećaj da se neko za mene zabrinuo, koji god da su razlozi za to. Možda sam bio malo kreten što sam želeo da to produžim pa sam odglumio slabost i veću nego što je generalno bila. Jedno lelujanje prilikom ustajanja iz kreveta i nije bilo šanse odgovoriti je da ne ostane kraj mene. Uz malo mog protesta, koliko da ne budem providan da je baš to ono što želim, pristao sam da krenem sa njom pod izgovorom da će se ona tako bolje osećati. I ja. Ali to ne mora da zna.

Dok je ona odnela formular sestrama ja sam skupio svoj telefon i novčanik, i kada sam hteo da ih stavim u džep nešto sam u njemu pronašao. Poruku. Nisam mogao da verujem sebi. U celokupnom haosu, uspeo sam da sačuvam poruku koju sam ispljunuo i stavim je u džep. Pa, ovu ću sačuvati za uspomenu, pomislio sam smejući se dok sam je odmotavao.

Ti imaš moć da napišeš svoju sreću!

Eli me je zatekla kako zurim u sopstvenu ruku jer naravno nije videla poruku koju sam držao i koja me je blago rečeno ostavila zbunjenog. U glavi mi je već bila košnica od lekova koji su počeli da deluju, a ovo me dodatno ostavilo zamišljenog. Toliko kratka, beznačajna poruka koja mi je nesvesno otvorila toliko pitanja u glavi. Toliko stvari. Da, imao sam takozvanu moć da pišem, da li ću uspeti da je pronađem ponovo? Da li je ovo neki znak ili samo slučajnost? Šta god bilo gura me napred kroz tamu, govori mi da je svetlost blizu, ali je još uvek ne mogu pronaći.

— Da li je sve u redu?

Eli me je trgnula iz misli.

— Da. Sve je u redu, možemo krenuti — odgovorio sam odsutno i vratio poruku u džep.

Eli je živela u malom stanu, koji je sa vrata odisao nekom toplinom. Pri tom ne mislim na klasičnu toplotu, naravno. Nekako je odavao prijatan utisak. Ušuškano, sređeno, vodila je računa o svakom detalju i kao da je svaki imao svoju priču i svoje mesto. Sve je odisalo nekim mirom i spokojem... ili sam se bar ja tako osećao u tom prostoru. Zaštićeno, skriveno, a opet tako slobodno. Iz malenog hodnika ulazilo se u dnevni boravak koji je činio trosed postavljen po sredini, a naspram njega veliki TV na zidu iznad električnog kamina. Pored njega, sa leve i desne strane, dve fotelje. Dalje se desnom stranom, izdignuta za dva stepenika, nalazila kuhinja sa trpezarijskim stolom. Levo su bila dvoja vrata, pretpostavljam od kupatila i spavaće sobe. Police sa cvećem, slikama i, kao što rekoh, mnoštvom detalja koji su davali dušu ovom malom prostoru.

Lujev stan bio je veći, sa dve spavaće sobe i dnevnim boravkom, ali nisam se u njemu osećao ništa komotnije. Naprotiv, kao da sam bio u studentskom domu. Prosto sam znao da sam tu privremeno i da ništa od toga nije moje, već da sam samo privremeni korisnik. Ovde sam imao osećaj pripadnosti i, kao što rekoh, neke čudne slobode. Kao da mi kida nevidljive lance kojima su mi ruke vezane.

Razgledao sam okolo, kada me Eli prekinula, pokazavši rukom na trosed.

— Sedi. Odmori se. Molim te osećaj se kao kod kuće.

Kao kod kuće. Jesam li ikada zaista imao kuću? Da li je ovo osećaj doma? Mesto na koje svratiš da prespavaš ne može se baš nazvati domom. Nisam nikada imao taj osećaj. Pre će biti da sam bežao odatle, bežao od svoje samoće koja me je uporno čekala kada bih se vratio. Ranije, dok sam mogao da pišem, samoća mi je i godila dok sam stvarao, tamo bih bežao, ali kada me je i inspiracija napustila svaki boravak u samoći u zatvorenom prostoru izazivala je samo sve veću frustraciju i nervozu.

— Da li želiš nešto da popiješ ili pojedeš? — ljubazno je upitala blagim zabrinutim tonom. Ponašala se prema meni kao prema detetu i to mi je bilo više nego simpatično. Kada je moj odgovor izostao dodala je: — Obećavam da te ovog puta neću otrovati. Nabrojaću ti sve sastojke.

Morao sam da se nasmejem.

— Okani se osećaja krivice. I ne moraš brinuti. Kikiriki je jedino na šta sam alergičan.

Odahnula je stavivši ruku na grudi.

— Bar da ja znam — dodao sam, što je opet vratilo zabrinut izraz na njeno lice i osmeh na moje. — Sve je u redu. Ja sam u redu. Dobro sam. Ovde sam da bi i ti bila dobro tako što ćeš se uveriti u to. Ako već jesi, mogu i otići? — ponudio sam ponovo džentlmenski, ali sam se iz ni sam ne znam kog razloga nadao da me neće pustiti. Na moju radost tako je i učinila.

— Radije bih ispoštovala upute doktora.

Klimnuo sam glavom sa osmehom. Kapci su mi polako postajali sve teži i to je bilo primetno.

— Vidi, tamo je spavaća soba — pokazala je rukom ka vratima za koja sam i pretpostavio da su od sobe. — Namestiću ti krevet da se možeš lepo odmoriti. Ja ću biti ovde.

— To već ne dolazi u obzir! — čvrsto sam odbrusio. — Nema šanse da ti bilo šta remetim. Ako već insistiraš da ostanem ja sam taj koji će biti ovde i tu nema rasprave — pogledao sam je ozbiljno i gestikulacijom joj potvrđujući da oko toga nema rasprave i da neću odustati.

— Onda ću i ja ostati ovde, biću na fotelji.

— Onda ću ja biti na drugoj i tako ćemo provesti noć.

Bio je to sudar tvrdoglavih, to je bar bilo jasno. Pogledala me je pokušavajući da nađe kontraargument, a onda smo se oboje nasmejali. Glava mi je postajala sve teža, ali sam silio sebe jer nisam želeo da ovaj trenutak prekinem snom. Da ga prekinem uopšte.

— Vidi... ja... nisam nikada ni sa kim delila... pa prostor! — odmahunla je rukama uvis gledajući svuda samo ne u mene kao da se stidi te činjenice, što me je zaintrigiralo, ali sam isto tako želeo da joj olakšam.

— Nisam ni ja.

Podigla je pogled ka meni prepun pitanja, a ja sam samo slegnuo ramenima.

— U redu... — rekla je nesigurno. — Htela sam ti reći, ako se budem ponašala malo spetljano ili čudno to nije zbog tebe, OK? Samo nisam nikada delila... ništa sa nekim muškarcem.

Zanimalo me je kako je to moguće i koji su razlozi za to, ali sam znao da nije ni vreme ni mesto da pitam. Isto tako sam znao da je potrebno da skrenem pravac ovog razgovora.

— Oduvek živiš ovde?

— Ne. Izabrala sam ovo mesto kada sam rešila da otvorim poslastičarnicu, jer je malo, prijatno i veći deo godine prepuno turista. To je dobro za posao. I meni lično prija sve ovde. Grad je mali, ušuškan. A opet na samoj granici dveju država, ima neku svoju draž. Mnogo mi se dopao kada sam istraživala. Ranije sam živela sa mamom, ona je ostala u Marselju.

Tu je zastala.

— A tvoj otac?

— On je preminuo — rekla je kratko.

Izgleda da sam izabrao pogrešan pravac za skretanje sa teških tema.

— Žao mi je — rekao sam kratko, stavljajući u tu kratku izjavu ne samo ono što kultura nalaže u ovakvoj situaciji već i svoje izvinjenje što sam uopšte pokrenuo tu temu. A ona je to razumela i odmahnula glavom.

— Nema razloga da se izvinjavaš, u redu je. Nisi mogao da znaš. Uostalom, nisam imala prilike ni da ga upoznam tako da nemam osećaj žaljenja kakav bih trebala da imam. To je... jako čudno.

Mogao sam da naslutim, sada malo bolje razumem njeno ponašanje i držanje. Očigledno nosi neki teret na duši. Ožiljke od rana kojih se i ne seća. To mora biti zaista čudno i teško breme za nositi. Iako sam želeo da čujem sve što je imala da kaže nisam želeo da je forsiram pitanjima već sam samo klimnuo glavom u razumevanju ostavljajući joj potrebnog prostora da sama izabere šta će, kada i koliko reći.

— Oprosti, moram se samo nakratko javiti Mari da se neću danas vraćati i da se pobrine za lokal.

Nisam stigao da protestujem jer je već skočila i odjurila sa mobilnim telefonom u ruci. Naslonio sam glavu na krevet i to mi je dalo neverovatan osećaj olakšanja. Samo sam na tren zatvorio oči i opet mi je u misli došla poruka koju sam držao u džepu. Tada mi je sinula misao. To je to, piši o svojoj sreći. O onome što bi te učinilo srećnim. O životu kakav si za sebe želeo, a ne kakav živiš. A onda me je tama pokrila.

Probudio sam se potpuno dezorijentisan. Nalazio sam se na nepoznatom mestu, na kauču, pokriven i ušuškan. Potražio sam neki izvor svetlosti, ali prozor koji sam uspeo da nađem pogledom jasno je govorio da je napolju mrak. Jedina svetlost koja je dopirala do mene dolazila je iz kuhinje. A tamo je bila ona, okrenuta leđima, nešto je spremala. Osećao se miris hrane i zvuk lagane muzike. Na tren sam pomislio da sanjam. I da sam u nekoj vrsti blaženstva. Pokušaj da se pomerim rezultirao je manjim bolom u glavi, usled niskog pritiska verovatno, pa sam nesvesno ispustio neki zvuk, što je nateralo da se okrene.

— Oh, jesi li dobro? — dotrčala je k meni držeći u rukama krpu koju je na brzinu dohvatila i brisala ruke njome.

Klimnuo sam glavom polako ustajući.

— Koliko sam dugo spavao?

Pogledala je u sat na zidu.

— Hm... nekih pet sati otprilike.

Ubod razočaranja je prošao kroz mene. Imao sam toliko vremena ovde i ja sam ga iskoristio na spavanje.

— Izvini... — rekao sam ni sam ne znajući da li sebi ili njoj.

— Zbog čega? Bio ti je potreban odmor. To je i trebalo da uradiš. Izgledaš bolje — nasmejala se pa me podrobno odmerila. — Čak se i crvenilo potpuno povuklo — zaključila je zadovoljno. — Večera će uskoro biti gotova. Ovog puta sam vodila računa da ne bude nikakvih alergena, samo povrće i piletina.

Uzvratio sam osmehom.

— Nije trebalo da se mučiš, zaista... ja, kao što si već rekla, sada sam potpuno dobro i ne želim ti biti na teretu.

— Koješta! Ja volim da kuvam, ako te to muči, i svakako bih spremala za sebe... tako da, možeš se osvežiti u kupatilu dok ja postavim sto.

Tako sam i uradio. Desetak minuta kasnije, sedeo sam za trpezarijskim stolom dok je Eli servirala večeru. I nisam se mogao otrgnuti utisku da je upravo to ono što sam sebi zamišljao. Miran dom, večere sa suprugom, kasnije i decom. Veliku srećnu porodicu koja će imati dovoljno svega, a najviše ljubavi. Sve suprotno od onoga što sam ja tokom odrastanja imao. Previše novca, ni malo pažnje roditelja i nikada pravu porodicu.

Kada je sve posložila, Eli se smestila u stolicu naspram mene i pokazala rukama ka jelu poželevši nam prijatan obrok. Bio je to sasvim pristojan obrok jedne prosečne porodice, ali ukus te hrane milovao mi je nepce. Nasuprot mnogim specijalitetima koje sam imao prilike da probam po raznim restoranima nesnosnih cena, ova je hrana imala dušu. Jeo sam sa uživanjem.

Slika je bila nerealna. Dva potpuna neznanca koja uživaju u večeri kao da se poznaju čitav život. Postojala je neka čudna energija među nama i mislim da nisam bio jedini koje je svestan toga. Taj osećaj poznavanja bio je obostran. Zato je ova situacija bila lagodna više nego čudna.

— Pa... šta je tebe ovde dovelo? — Eli je na kraju započela razgovor.

— Bojim se da ćeš se smejati ukoliko ti budem rekao istinu.

I zaista sam to mislio. Nisam krio svoj poriv samo da bih izbegao očev bes. Kretao sam se u krugovima koji to ne bi razumeli. Svet više nije mesto kakvo je nekada bio. Sentimentalan muškarac koji piše pesme više nije san nijedne devojke. Pre će biti predmet ismevanja koji niko neće shvatati ozbiljno.

— Pokušaj! — kratko je rekla.

Neka neopisiva snaga me je tada pogodila. Poželeo sam da izađem iz svog okolopa i stavim sve karte na sto. Nisam li upravo to i hteo kada sam sve napustio...

— U potrazi sam za inspiracijom — rekao sam gledajući je u oči čekajući njenu reakciju, ali ona mi je gestikulirala da nastavim.

— Inspiracijom za šta?

— Ja pišem pesme. Ili sam ih barem pisao...

Opet, čekao sam da krene da se smeje ali me je i dalje gledala čekajući da nastavim. Ja sam čekao da krene da se smeje. Reakcija je izostala.

— Koliko se sećam, u formularu koji smo popunjavali u bolnici kao zanimanje si naveo „broker"?

Klimnuo sam glavom.

— I jesam. Barem sam bio. To sam oduvek radio i to je jedini pravi posao koji znam. Dok nisam sve naspustio.

Sada me je gledala zbunjeno ali sa punim poštovanjem, kao da salutira mojoj hrabrosti.

— Pisanje je oduvek bilo moj hobi. Moj beg od stvarnosti. Moje utočište. Tamo sam mogao sve što želim. Imao sam potpunu slobodu.

Suprotno mom očekivanju gledala me je sa divljenjem, pa sam dobio motivaciju da nastavim. Kako sam joj objašnjavao i pobrajao neke od hitova koji su izašli iz mog pera moje je ushićenje raslo. Kao i njeno divljenje. Na kraju, objasnio sam joj i kako sam se tačno našao ovde i šta tražim.

— I ima li nekog pomaka?

— Još uvek ne. Ali osećam da sam na dobrom putu. Kao da skupljam neke delove koje samo treba sastaviti... verujem da će doći trenutak kada ću shvatiti kako da ih povežem.

Sada se nasmejala. Ali ne potcenjivački. Bio je to, mogao bih se zakleti, ponosan osmeh, osmeh podrške.

— Verujem da hoćeš!

A ja sam verovao njenoj iskrenosti.

— Svaki pokušaj, makar bio i pogrešan, korak je dalje ka cilju — dodala je zamišljeno.

— Odakle je to došlo? — pitao sam radoznalo, a ona se nasmejala.

— Nećeš verovati, ali iz mojih kolačića. Mislim, iz poruka u njima. Jutros sam otvorila jednu na kojoj je pisalo tako nešto.

Verovao sam. Sada više nego ikada da će mi upravo te poruke pokazati put.

Nakon večere pomogao sam joj da sredi sto, jer je to bilo najmanje što sam mogao. Umor me je ponovo stigao. Prokleti lekovi. A opet, da nije bilo svega toga ne bi ni mene bilo ovde. Poslednje čega se sećam je da smo gledali neki film.

Probudio sam se ponovo ujutru. Sat mi je govorio da sam odavno propustio svoju jutarnju rutinu i trčanje. Devet sati? Ne pamtim da sam skoro spavao toliko dugo.

— Eli? — dozivao sam je, ali samo me je tišina pozdravljla.

Kada sam ustao na stočiću ispred sebe sam zatekao ispisanu poruku:

Sada je šest sati i ja moram da idem da otvorim lokal i pripremim sve što je potrebno. Spavao si snom pravednika i nisam želela da greh tvog buđenja nosim na svojim plećima. Frižider ti je na usluzi, slobodno se posluži. Vratiću se oko podneva kada Mari dođe da preuzme.

I tako je ovaj dan postao možda i prvi koji sam dočekao sa osmehom...

VIII

Menton je grad sa najviše sunčanih dana u godini, čak trista šesnaest. To je bio jedan od razloga zašto sam izabrala ovaj grad. Sunce i miris večnog proleća u vazduhu moraju delovati pozitivno na vašu psihu. Nekako vam bude mir i nadu. Veru u dobre i lepe stvari. Radost u srcu. Ushićenje.

Međutim, danas je jedan od retkih dana kada su se nad Mentonom nadvili oblaci i grad je bio okupan sitnom kišom. Ne toliko jakom, ali dovoljno da pokvari utisak i magiju ovog grada. U takvim bih se trenucima osetila melanholično, tromo, usporeno. Ipak, danas to nije bio slučaj. Moje je srce i dalje treperilo od neke nepoznate ushićenosti, uzbuđenja koje nisam umela da objasnim. Još bitnije, nisam se usudila da joj tražim razlog. Moj osmeh i pevušenje dok sam vršila jutarnje pripreme za kolače, nisu smele da imaju veze sa onim što sam ostavila u svojoj kući, zar ne? On nije mogao biti razlog.

Ipak, koliko god ne želela da se pozabavim time, misli su nalazile svoj put da me vraćaju upravo na to mesto, u taj trenutak. Nešto se čudno dešavalo. To nije meni svojstveno. Ja sam nepoverljiva prema ljudima. Uglavnom bih imala problem da se opustim i da popijem piće u nekom lokalu na javnom mestu sa neznancem. Ipak, jednog sam ne samo pustila u svoju kuću već ga u njoj i ostavila. Samog! Zašto ne paničim i ne osećam standardni strah zbog toga? Zašto imam osećaj da poznajem tog čoveka kao da je ceo moj život bio tu? I dalje ne znam o njemu ništa toliko lično, ali opet, kao da osećam svaku njegovu neizgovorenu reč, kao da nije potrebno ništa reći niti znati.

Pored toga, nije mi bilo ni malo neugodno da mi bude toliko blizu i „krade" moj lični prostor kao što je bilo svakog puta do sad kada bi se neki muškarac približio. U prethodna tri pokušaja veze, svaki put bi se isto završavalo. U početku je lepo, prijatno, zanimljivo. Ali onog trenutka kada osetim „napad" na svoj lični prostor počinjem da se „gušim". Smetalo bi mi da bilo koju od mojih stvari dotakne, ne vrati na svoje mesto, koristi... to nije moglo biti dobro. Zato se tako brzo i završavalo. Kada je i treći pokušaj završio na isti način pomirila sam se sa činjenicom da je problem u meni i da ga neću moći rešiti. I rešila da odustanem, kako ne bih trošila vreme ni sebi ni drugima. Veze za jednu noć jednostavno nisu bile moj fah pa sam tako odlučila da je najbolje da ostanem sama sa sobom i potražim radost u nekim drugim stvarima.

Sada, ništa što je Dominik juče učinio nije mi smetalo. Naprotiv. Osećala sam kao da je oduvek bio tu. I nisam osetila nelagodu da podelim ništa sa njim.

Zabranivši sebi da tražim dublji smisao svega toga, bar za sada, zakopala sam svoje misli i nastavila sa pripremama. Dva sata kasnije, kolačići od limuna sa porukama bili su spremni, kao i pita sa jabukama i pita od limuna, čokoladni mafini i kolač sa bademima. Hm. Kao i obično, blokada misli rezultirala je pravljenjem kolača u možda više nego potrebnoj količini. Sve sam ih posložila i otovorila lokal. Prvi gosti su ubrzo počeli da pristižu, mada u nešto manjem broju nego obično usled kiše.

Ne znam kada je proletelo vreme, ali Mari je već stigla. Gledala je sumnjičavo preko količine kolača na koje je naišla, a potom na mene.

— Jesam li nešto propustila? — pitala je oprezno dok je vezivala svoju kecelju.

— Mmm... ništa specijalno — rekla sam sa osmehom. Znala sam da mi nije poverovala, ali i da neće insistirati na daljem propitivanju. — Danas će zbog kiše biti slabiji promet, tako da te mogu ostaviti samu. Morala bih da završim neke obaveze. Hoćeš li biti u redu sa tim?

— Naravno, bez brige. Uostalom, Nik će navratiti kasnije da mi donese neke knjige, pa ga mogu zamoliti za pomoć ukoliko bude bilo potrebe.

Klimnula sam glavom.

— Hvala ti. Nadoknadiću ti ovo povišicom — rekla sam blago joj stisnuvši rame.

— Ne brini oko toga. Već mi i previše izlaziš u susret i znaš koliko sam ti zahvalna zbog toga. Zavolela sam te kao stariju sestru koju sam oduvek želela. Tako da, veruj mi, šta god da je razlog tom tvom osmehu, on mi je već dovoljna satisfakcija.

Oči su mi malo zasuzile pa sam je zagrlila.

— Ti si divna osoba velikog srca koja zaslužuje sve najbolje i drago mi je da sam te srela. Ipak, znam koliko velike troškove imaš i potrudiću se da ti olakšam, OK?

Klimnula je glavom.

Mari je nastavila dalje sa radom dok sam se ja pripremala da krenem. Nije prokomentarisala ništa dok me je gledala kako pakujem pitu od limuna, tri kolačića sa porukom i amerikano kafu za poneti. Samo me je ispratila sa osmehom.

Dominika sam zatekla kako stoji uz prozor i posmatra kišom okupanu okolinu kroz kapljice koje su se slivale niz prozor. Bio mi je okrenut leđima i razgovarao telefonom pa me nije odmah primetio. Ostala sam tako par trenutaka, da upijem taj prizor. Želela sam da tu sliku mentalno zabeležim jer mi je iz nekog razloga davala osećaj spokojstva. Primetio me je tek kada sam spustila kesu na trpezarijski sto i počela da vadim stvari iz nje. Okrenuo se namršteno, a kada je video da sam to ja nasmešio se pa uzvratio onome sa kim je razgovarao preko telefona.

— Sada je sve u najboljem redu. Nemaš razloga za brigu — zastao je na tren a onda dodao: — Čak i bolje nego što je bilo pre.

Ubrzo je završio razgovor i bez da sam ga išta pitala sam je objasnio.

— Bio je to moj prijatelj Luj, onaj u čijem stanu odsedam. Ispričao sam mu svoju najnoviju avanturu pa se malo zabrinuo — rekao je smejući se, dok je mene podsetnik na to ponovo zacrveneo.

— Jesi li dobro? Uspeo si da se odmoriš?

— Bolje nego ikada! Moraš mi reći gde si nabavila taj kauč. Ima nešto magično u njemu.

Oboje smo se nasmejali.

— Izvini što ti i dalje uzurpiram prostor, ali nisam smeo da prekršim naređenje i ne sačekam te.

Odmahnula sam glavom i dodala mu kafu koju sam ponela. Prihvatio je i pogledao me znatiželjno. Slegnula sam ramenima.

— Preskočio si svoju jutarnju dozu kofeina, a nisam bila sigurna da ćeš se snaći ovde da je pripremiš sam, pa sam ti je ponela.

— Hvala ti. Preko mi je potrebna — popio je gutljaj kafe pa pokazao rukom ka kesi. — Šta još ima tamo?

Nasmejala sam se.

— Pa, kompletna usluga.

Izvadila sam i tri kolačića sa porukom. A nakon toga i pitu.

— A ovo je pita sa limunom. To je ovdašnji specijalitet koji moraš probati.

— Ako nastaviš da insistiraš sa konzumacijom kolača moraću da popustim, a onda ću odavde otići sa par kilograma viška — rekao je sa osmehom.

Osetila sam ubod razočaranja na sam pomen njegovog odlaska. Zasmetalo mi je više nego što je trebalo. Kao da sam tu činjenicu, da je ovde privremeno, gurnula negde po strani kao neželjenu. Promena na mom licu bila je očigledna i, iako nije mogao znati usled čega je, pokušao je da je popravi.

— Odlično miriše, možda bih ipak mogao da je probam.

Na kraju je nije samo probao već je pojeo celu, šaleći se na svoj račun kako bi se trebao postideti svoje halapljivosti.

Nakon još malo neobaveznog razgovora propraćenog smehom, za koji je bilo očigledno da se rasteže samo da bi odložio neizbežno, zavladalo je par trenutaka tišine praćene obostranim pogledima.

— Trebalo bi da krenem — rekao je jedva primetno.

Kada je moj odgovor izostao skočio je sa stolice i sakupio svoje stvari. Nisam imala šta drugo nego da ga ispratim, što mi je sve teže padalo.

Na vratima se još jednom okrenuo.

— Hvala ti na svemu.

Klimnula sam glavom nemoćna da izgovorim ni reč. Zastao je par treutaka.

— Vidimo se — rekao je nateravši usne da se izviju u jedva primetan osmeh i zatvorio vrata za sobom.

Okrenula sam se i na ulazu u sobu zastala. Pogledom sam prelazila preko nje. Sve je bilo isto kao i juče. Ali osećala sam neku hladnoću koje ranije nije bilo. Osećala sam nedostatak.

Neće biti dobro da ostanem ovde, to mi je bilo jasno, te sam požurila da pokupim ostatke i vratim se u poslastičarnicu. Rad će mi u ovom trenutku mnogo više goditi.

Skupljajući kutiju od pite, zapazila sam da je ostao samo jedan od kolačića sa porukom koje sam donela. Dva su nestala. I bez sumnje znam gde su. Ne znam samo u kom ih je trenutku uzeo i zašto ih uzima kradom. Takođe, na stolu je ostala i poruka koju sam mu tog jutra ostavila. Ispod je bio dopisan broj telefona. Nesumnjivo njegovog, uz poruku:

Ne bih imao ništa protiv da me probudiš u bilo koje doba dana ili noći ako osetiš potrebu za tim.

Još uvek u šoku, pokušavajući da suspregnem uzbuđenje koje je protutnjalo mnome, nasmejala sam se i stavila je u džep. Pokupila sam i bacila ostatke, a poslednji kolač odlučila da uzmem za sebe. Poruka u njemu mi je dala krila:

Nemoj samo razmišljati, deluj!

IX

- Dominik -

Luj je svoj stan sredio sa posebnom pažnjom, sve je bilo tip-top i po poslednjoj modi, kao da ste ušli u neki od časopisa o enterijeru. Ipak, nikad mi hladnije nije delovao nego ovog popodneva kada sam ušao u njega. Zastao sam u hodniku ni sam ne znajući gde bih, ni šta bih sa sobom. Šta je prethodnih dvadeset četiri sata promenilo u meni? Nisam se mogao otrgnuti osećaju nedostatka. Vreme koje sam proveo sa Eli bilo je i više nego prijatno.

Koliko god želeo da ga produžim znao sam da moram otići, dati joj prostora ne samo fizički već i da razmisli i posloži sve što se desilo. Ona je bila opterećena i strahom, što je možda uticalo na njenu povećanu pažnju. U svakom slučaju, ona je na potezu. Znao sam da će videti moju poruku. Ostavio sam je tako da je vidi. Da, mogao sam i samo da joj zatražim broj telefona, ali ne bih bio siguran da ga ne bih dobio samo iz kurtoazije, jer ne bi mogla da to izbegne. Poznavao sam je malo, ali dovoljno da znam da ne bi rekla „ne". Ovako, ukoliko želi javiće se i na taj način mi staviti do znanja da li želi da nastavi komunikaciju.

Pogledao sam u svoja dva kolačića koja sam držao u ruci i nasmejao se sebi. Pa, da vidimo da li mi danas donosite neki bolji putokaz. Seo sam na stolicu za šankom u kuhinji i slomio prvi.

Dan će postajati sve bolji!

Ma da, očigledno da je tako. Drugi me je još više zbunio.

Voda održava brod na površini, ali ga isto tako može potopiti.

Ustao sam dodatno raočaran porukama koje sam dobio, ostavio ih u prolazu sa ostalima i nastavio put sobe. Jedino pametno što mogu uraditi da ovaj dan prođe jeste da se vratim spavanju. Osećam se krajnje iscrpljeno i slomljeno.

Probudio me je zvuk telefona. Trebalo mi je vremena da se priberem gde sam i šta se dešava, napolju se očigledno već davno smračilo. Posegnuo sam za telefonom. Deset je sati. Poruka je došla sa nepoznatog broja. Prva pomisao je bila da je od Eli, na šta se rad mog srca ubrzao. Bila je to slikovna poruka. Brzo sam je otvorio. Na slici je bio polomljeni kolačić i pored njega poruka: *Ne razmišljaj, deluj!* Prva mi je reakcija bila osmeh, najpre jer je poruka od nje, a druga zbunjenost. Dok sam pokušavao da shvatim značenje stigla je i druga.

Ovaj ti je kolačić ostao. Sada... ne znam da li je poruka namenjena tebi jer si ovaj zaboravio kada si uzeo druga dva ili sada pripada meni jer sam ga ja slomila?! Hm!? Pa da ne bih dalje razmišljala, delovala sam...

Zatekao sam se kako se sam smejem u tami svoje sobe. Ova je devojka neverovatna.

Dobro si učinila. Drago mi je da si je prisvojila i delovala — uzvratio sam.
Ipak se nadam da te nisam probudila?
Da li bi ti i dalje bilo žao da jesi?
Da, mnogo.
Meni nije, ni najmanje...

Nastavili smo dopisivanje u napola šaljivom napola ozbiljnom tonu dodatno se upoznavajući da nisam ni primetio kada je došla ponoć. Za ta dva sata uspeo sam da saznam toliko sitnica ali i krupnih stvari iz njenog života, kao na primer da joj je oduvek bila želja da poseti Njujork, ali nije imala prilike. Kao što je činjenica da je kuvanje i spremanje kolača opuštaju i daju potrebni beg iz stvarnosti, kao i meni pisanje. Takođe sam joj kroz razgovor otkrio mnoge stvari o sebi koje nisam nikome do sada. Sem Luja i Majde, koji su znali sve o meni kao i ja o njima, ali to je takoreći bratska privrženost koja se kod nas smatrala potpuno normalnom.

Kada smo morali da prekinemo razgovor, jer je kroz par sati morala da ustane radi novog radnog dana, osetio sam ubod krivice jer sam je držao budnom, ali i razočaranja jer će ispariti. Ovo mi je bilo uzbudljivije nego razni otmeni sastanci koje sam imao po raznim restoranima. Sa žaljenjem sam napustio naš čat poželevši joj laku noć. A šta ću ja sa ovom noći, pomislio sam nakon toga.

Ustao sam i izašao na balkon. Kiša je davno prestala ali je ostavila miris u vazduhu koji je sa novom svežinom budio sva čula. Gledao sam u grad pod sobom obasjan zvezdama i pitao se koliko slučajnosti ima u svim tim porukama i da li su zaista samo zabava? Da li se stvari dešavaju po njima jer deluju na nas autosugestivno ili zaista postoji nešto poput sudbine i sve se dešava sa razlogom? I tada mi je došla... vraćala se...

Da li si prolazna ili sudbina,
Da li si laž ili istina...

Imao sam prvi stih na usnama...

X

- Dominik -

Zoru sam dočekao sa rasutim porukama ispred sebe, pišući svoje nove stihove. Sklopio sam oči samo na dva sata kako bih što pre došao do vremena kada Eli otvori poslastičarnicu i nastavio sa svojom rutinom. Bio sam više nego uzbuđen i želeo sam da svoj napredak podelim sa njom. Ne znam zašto, ali želeo sam da ona bude prva koja će saznati. Možda zato jer je svesno ili nesvesno doprinela tome da se vratim u kolosek.

U osam sam krenuo na trčanje, da bih tačno u devet bio pred njenim lokalom. Gledao sam je izdaleka dok je nameštala dekoraciju na stolove i smešila se prvim gostima. Ubrzo sam se našao pred njom. Nisam umislio, za mene je imala poseban osmeh. Nekako iskreniji, srdačniji.

— Dobro jutro — rekao sam široko se osmehujući.

Nakon trenutka zbunjenosti uzvratila mi je.

— Imam lepe vesti.

Pogledala me je značajno i upitno izvijajući obrve.

— Moja je inspiracija odlučila da se vrati.

— Oh, pa to je zaista sjajno. Tako mi je drago — iskreno se obradovala i skočila mi u zagrljaj, da bi se ubrzo refleksno povukla.

Osetio sam tu prazninu nakon povlačenja kao fizički nedostatak. Nemoćan da u tom trenutku analiziram taj momenat odmahnuo sam glavom.

— Da, i kako si ti umnogome doprinela tome, želim da te izvedem na večeru kako bih ti se zahvalio!

— Ali ja nisam učinila ništa...

Gestikulacijom sam joj dao do znanja da vodi izgubljenu bitku i da neću prihvatiti „ne" kao odgovor pa je na kraju prihvatila.

Večera je prošla lepo i zabavno. Vraćali smo se šetajući uz obalu dok su nas talasi pozdravljali. Pratili su naš razgovor, jer smo bili baš takvi, kao plima i oseka. Govorila mi je o festivalu limuna koji se održava ovde tokom februara i nisam mogao da ne primetim trunku žalosti kada je shvatila da možda neću biti tu da to i vidim. Prećutao sam jer ni sam nisam znao gde će me put navesti. Na kraju, nisam planirao ni ovde da dođem. Iako trenutno ne postoji nijedno mesto na svetu na kojem bih radije bio ne mogu sa sigurnošću tvrditi gde ću biti za šest meseci.

— Slušala sam neke od pesama za koje si rekao da si ih pisao.

Zaintirigirala me je u narednom momentu.

— Zaista? I, kako ti se čine?

Zastala je na tren i pogledala me u oči.

— Jako su lepe. Pune emocija. Govore tako lepo o ljubavi prema ženi... danas to kao da je prevaziđeno. Kao da je sramota voleti.

Klimnuo sam glavom slagajući se sa njom u potpunosti. Nastavili smo dalje.

— Šta se desilo? — pitala je skrivajući pogled.

— Šta se desilo sa čime? — upitao sam zbunjeno.

— Sa ženom koju si voleo. Zašto niste zajedno?

Gledao sam zbunjeno u nju.

— O kojoj ženi sada tačno pričamo? Jer, nažalost, takve nije bilo u mom životu. Bilo je mnogo žena, bile su mi drage, naravno, ali mislim da nisam imao prilike da spoznam pravu ljubav, bar ne takvu kakvom je ja smatram.

— Ali... mislila sam... kako je onda moguće? — pogledala me je zbunjeno ponovo zastavši. — Kako je moguće da pišeš tako o ljubavi ako je nikada nisi doživeo?

— Nisam o tome razmišljao... ali mislim da je baš zato. Da jesam, možda bih je doživeo drugačije nego što očekujem i to bi uništilo sve. Ovako joj dajem moć predstavljajući je onako kako je ja zamišljam i želim.

— Interesantno...

Ovaj iznenadni tok razgovora me je osmelio da i sam postavljam pitanja koja me zanimaju.

— A šta je sa tobom? Jesi li ti imala prilike da doživiš ljubav?

— Da jesam, verovatno ne bih sada bila ovde sa tobom — rekla je podižući ruke u vazduh kroz osmeh. — Ja verujem da prava ljubav dolazi samo jednom i ostaje za ceo život. Još uvek nisam naletela na istomišljenika.

Zastao sam na tren dok je ona nastavila da hoda. Na par koraka ispred mene okrenula se ka meni:

— U svakom slučaju bolje je i samo gledati ono što želiš nego biti sa nekim koga ne želiš ni da vidiš.

XI

- Eli -

Onog dana kada sam otvorila poruku sa natpisom: *Ne razmišljaj, deluj!*, dugo sam zurila u nju. Ostala mi je u mislima tokom čitavog dana. Do tog momenta bila sam odlučna da se distanciram od Dominika. Ako je za jedan dan uspeo toliko da mi se uvuče u srce dalje vezivanje ništa dobro ne bi donelo. Jer on će otići. Danas, sutra ili kroz par meseci... činjenica je da neće ostati. Ovde je u prolazu. Ja sam za njega samo prolazna. A to nije ono što želim sebi.

Tog dana vratila sam se u poslastičarnicu i krenula da pravim kolače. Ovog puta, međutim, čak ni to nije uspelo da mi blokira misli. Kao da mi stoji pred očima, ta me je poruka proganjala. Počela sam da se preispitujem. Ceo život sam razmišljala, vagala, čekala da se sve kockice sklope... nikada nisu. Ceo sam život čekala nešto što će trajati ceo život i godine su prošle pored mene. Ako nastavim da čekam na to „za ceo život", ceo će mi život i proći u čekanju. Niko od onih koji su mogli ostati možda i za ceo život nije u meni probudio ništa što je Dominik uspeo za samo jedan dan. Ironija je bila u tome da je upravo on taj koji se ne namerava zadržati.

Pa onda, da li je bolje da ostanem željna čekajući nešto za šta nisam sigurna da će ikada doći ili da pustim sebe da proživim makar par dana sreće i ispunjenosti? Makar bih imala uspomenu kojoj se rado mogu vraćati. Makar bih nešto proživela. Ako ti je rizik unapred poznat i svesno uđeš znajući da ćeš kao rezultat dobiti slomljeno srce, ne može biti toliko opasno, zar ne? Nema faktora iznenađenja, jer se ničemu drugome ne nadaš.

Tada sam odlučila da pustim sebe. Da zaista prestanem razmišljati i dozvolim sebi da se opustim. Gde god me to odvelo...

Te večeri sam se vratila čvrsto stojeći iza svoje odluke. Gledala sam u njegov broj telefona na papiru i mislila kako da započnem razgovor. Sve što mi je palo na pamet bilo je isprazno, pisala bih i brisala. Na kraju, došla sam na ideju da počenem sa mesta koje je za mene bilo okidač, pa sam mu poslala sliku poruke. Od tog momenta stvari su išle same od sebe... Samo sam pustila kočnicu...

U narednim danima, Dominik i ja smo se sve više zbližavali. On je polako vraćao svoju volju za pisanjem, a ja svoj iskreni osmeh. Dani su nam postajali takoreći rutinski. Ja bih ujutru otvarala lokal, on bi nakon trčanja svratio na svoju kafu i po svoju poruku. Popodneva smo provodili zajedno, takođe. Radeći stvari koje generalno parovi rade. Niko od nas nije tome davao vremenski opseg ni definiciju. Mislim da smo oboje svesno gurnuli po strani činjenično stanje i samo prihvatali taj trenutak u kome smo. Stvari su se odvijale neverovatnom brzinom, ali i lakoćom. Ne znam ni kada smo zaista postali par. Prosto se desilo kao normalan splet okolnosti. Ako bi bilo potrebno dati neku precizniju varijantu mogli bi uzeti momenat kada smo se prvi put poljubili. Desilo se baš tu, u bašti, ispod drveta čji je izgled privukao oboje. Mene kada sam prvi put kročila ovde i rešila da se vratim da ostanem i upravo tu nastanim svoju poslastičarnicu, i njega takođe, kada je prvi put došao i nazvao ga svojim omiljenim mestom. Niko nije planirao da se to baš tu i baš tada dogodi. Prosto se desilo. Bila je duboka noć i lokal odavno zatvoren, a ulice puste. Ostali smo tu jer smo uživali u neverovatnom prizoru punog meseca koji se ogledao u moru. Niko ništa nije pitao ni rekao, stvari su samo nastavljale da teku dalje.

Onda je Dominik počeo da ostaje veći deo dana u poslastičarnici. Nakon svoje jutranje kafe više se nije vraćao u stan, sedeo bi za šankom sa svojim laptopom radeći ono što je morao oko svojih investicija u Njujorku. Proveo bi tako i veći deo dana pored mene, uvek spreman da priskoči ukoliko mi je potrebna pomoć dok ne dođu Mari i Nik. Meni je bilo samo dovoljno da povremeno bacim pogled na taj prizor i imala bih snagu za sve. Ništa mi nije padalo teško, činilo mi se da mogu i leteti.

Večeri smo takođe provodili zajedno, pa mi je i taj maleni period u toku dana kada nije bio blizu činio melanholičnom. Znala sam da tonem sve dublje u živo blato, ali sam uporno tu misao potiskivala sa strane. Zaljubila sam se. Bilo je to sada zvanično. Tačnije, volela sam. Ne samo Dominika, već i sebe takvu kakva sam kraj njega postala. Opuštena, nasmejana i bezbrižna. Sav teret koji sam nosila na svojim plećima bio mi je znatno lakši. Nije mi smetalo njegovo konstantno prisustvo, imao je toliko strpljenja sa mnom da bi mu i monasi pozavideli. Prvog puta kada je ostao da prespava otkakako smo se upustili u vezu pitala sam se da li će to biti trenutak u kome ću sve pokvariti. Jer, verovali li ne, nisam se nikada pored nikog probudila. Nisam ni sa kim delila krevet čitavu noć. Mislila sam da neću biti sposobna za to, da će moja nelagoda biti osetna i da ću poslati pogrešnu poruku.

Nikada se nisam probudila srećnija ni odmornija nego tog jutra u njegovom zagrljaju. Može li neko da zaustavi vreme? Baš sada. Baš ovde. U ovom trenutku.

Neverovatnih mesec dana bilo je iza nas. Dominik nije pominjao svoje planove za odlazak, a ja nisam pitala. Bilo je neizgovorenih pitanja bez odgovora među nama, ali smo ih svesno ignorisali.

Bilo je dana kada bi me opteretila i dodatno unervozila. Bila sam u jednom od onih dana, kada je sve to što se taložilo pretilo da eruptira, nesvesno. Moja je majka dolila ulje na tu vatru. Svakodnevno smo se čule. Nisam mogla da zamislim dan da joj makar ne čujem glas. Bila sam i bolesno vezana za nju, znam, ali nisam umela drugačije. Nekada bi to i te kako umela da iskoristi. Bilo je dana kada i nju uhvate bubice i na sve gleda osuđujuće. Jedna od njenih osobina, koja mi se nije dopadala, je da nije baš bila spremna da prihvati tuđe mišljenje. Njeno je jedino ispravno. Čak i kada bih se slagala sa njom, u pojedinim situacijama, ubeđivala bih je u suprotno, samo da se ne bi sekirala. Brinula sam samo da se ne razoboli, da se ne nasekira jer je imala problema sa pritiskom, a ja nisam pored nje. Zato, ako bi krenula da mi priča o stvarima koje je nerviraju, kao što je to bio slučaj danas, trudila sam se da je ubedim da nije tako iako znam da jeste, samo kako bih je umirila. Najčešće bih iz te borbe ja izašla kao oštećena strana, nagrađena lošim epitetima, ali sam sve to gutala, samo ako će je smiriti neka se iskali na meni. Pogrešan pristup koji nas je više udaljavao jer ona nije prepoznavala moju dobru volju niti, slobodno mogu reći, žrtvu, već bi zaključila da sam puna nerazumevanja za nju.

Ovog puta nisam mogla da se suzdržim. Emocije koje sam taložila u sebi su se uzburkale ovim razgovorom i počela sam da plačem. U većini slučajeva bih to radila nakon razgovora, kako je ne bih svojim suzama dodatno povredila, ali sada nisam mogla da se zaustavim.

— Zar ne vidiš koliko se brinem za tebe? — rekla sam sa knedlom u grlu.

— Ma da, svi se brinu za mene, vidim. Ovo vikanje na mene ide u prilog tome — odbrusila mi je ljutito.

Sada sam već počela da plačem. Nije to bilo jecanje, samo su mi suze klizile, ali se u mom glasu osećalo.

— Ne znam šta bih više mogla da uradim da te ubedim u to. Samo želim da budeš dobro.

— Nemaš ti baš malo godina da bi plakala zbog takvih gluposti. Uopšte ne umeš da se ponašaš.

Nekako smo uspele da taj razgovor mirnim tonom privedemo kraju, ali onog trenutka kada sam prekinula vezu, našla sam se na svojoj klupi iza lokala jecajući beznadežno.

U tom položaju, kolena skupljenih do brade i glavom naslonjenom na njih, me je Dominik i zatekao ne znam koliko vremena kasnije. Trgnula sam se kada sam osetila njegovu ruku na ramenu i videla njegov zabrinuti pogled. U trenu se stvorio pored mene i zagrlio me. Njegova mi je tiha uteha donela još jedan talas suza. Osećam se tako izgubljeno. Stezala sam ga kao davljenik granu spasa. A šta ću kada se i ona otkine...

XII

Slomio me je prizor Eli koja je jecala. Znao sam koliko može boleti nerazumevanje roditelja. Iako nisam mogao osetiti njenu privrženost majci, jer je ja nikada nisam imao sa svojim roditeljima, mogao sam da razumem njen strah i preveliku brigu. Okolnosti u kojima je odrastala nisu bile zavidne što se tiče emocionalne podrške. Nažalost, nisam ni ja bio neko ko bi joj mogao dati valjan savet ili utehu. Jedino što sam joj mogao ponuditi bio je zagrljaj. I cele sam je noći držao u naručju kada se konačno uspavala, mozgajući kako da nam pomognem. I njoj i sebi. Činilo se da najbolje pomažemo jedno drugom nesvesno. Nisam video više razlog, ako ga je ikada i bilo, da ne ostanem ovde, kraj nje. Šta me i ko čeka u Njujorku? Samo penthaus na Menhetnu, hladan i dalek. Ovog sam puta bio siguran. Vetar me je naneo ovamo sa razlogom. Pronašao sam ono što sam tražio, čak i ono čega nisam ni bio svestan da mi je potrebno. Doneo sam odluku da ostanem. I to ću joj sutra saopštiti. Sa tim sam mislima i ja uhvatio san.

Jutro me je zateklo samog. Eli sam pronašao u kuhinji kako sprema doručak. Nasmešila se poželevši mi dobro jutro, ali taj je osmeh još uvek bio daleko od onog njenog lepog i iskrenog. Palo mi je na pamet da je malo zaokupiram i napravim od saopštenja moje odluke nešto što će je usrećiti. Prišao sam da je zagrlim, pa se odmakao, dohvativši komadić sveže isečenog krastavca koji sam stavio u usta i neobavezno započeo razgovor.

— Hej... mislio sam... šta kažeš na to da večeras konačno krenemo sa onim časovima kuvanja koje si mi obećala?

Okrenula se držeći tiganj u kojem je pekla palačinke i pogledala me podignutih obrva.

— Otkud sada to?

Slegnuo sam ramenima.

— Ne znam. Pričali smo o tome. Ja jedva da znam da ispržim jaja, a tebi je to u krvi. Obećala si da ćeš me naučiti. Uostalom, bilo bi lepo da ti pomognem ponekad, sve radiš sama. Možemo večeras zajedno da spremimo večeru, hm?

Oklevala je i dalje evidentno neraspoložena.

— Hajde, biće zabavno.

Konačno se malo opustila i nasmejala.

— U to ne sumnjam.

Kako sam uspeo da je ubedim, popodne sam proveo u kupovini, tražeći namirnice za koje je Eli napravila spisak. Nikada nisam išao sam u kupovinu. Niti sa nekim. Imao sam u Njujorku ženu koja je to radila za mene. Obične stvari umeju da budu jako zabavne, u stvari. Ili sam ja preterano ushićen pa mi je sve ovo zabavno. Zastao sam kod dela sa vinima. Ovo mora biti posebna noć i želeo sam da sve bude tip-top.

Zajednička priprema večere zaista je prošla više nego zabavno. Uglavnom, jer sam ja bio užasno loš učenik. Da ne govorim o haosu koji sam ostavio u kuhinji za sobom. Otprilike, kao da je pala bomba. Plus sam bio umazan od glave do pete kao da sam se sa sosom rvao. Srećom, Eli je uspevala da sve na vreme popravi pa nismo ostali bez večere. Bila je i više nego ukusna. Dok sam se istuširao ona je uspela da sredi kuhinju, ne znam kako. Od tog sam momenta verovao da ta žena ima neke super moći. Ako sam nešto uspeo da uradim kako treba to je da postavim i dekorišem sto. U pravom francuskom stilu, sa svećama i vinom.

— Slavimo nešto? — Eli je upitala kada sam pružio čašu ka njoj da se kucnemo.

— Život! Naš susret... — počeo sam neodređeno.

Tokom večere oboje smo se opustili i vratili na naša stara raspoloženja. Smehu, doskočicama, vinu... osećao sam da je pravi trenutak da započnem.

— Hteo sam ti nešto reći. Razmišljao sam...

Eli je upitno podigla obrve i pre nego sam uspeo da nastavim prekinulo me zvono telefona. Prevrnuo sam očima, izvukao ga iz džepa i odbio poziv. Luj će moći da sačeka. Objasniću mu kasnije i složiće se sa mnom.

— Izvini... dakle...

Ali, zvono se opet oglasilo.

— Javi se, možda je nešto važno. Luj te ne bi zvao ponovo da nije.

Klimnuo sam glavom nevoljno.

— Hej, druže... prekidaš me u jako lošem trenutku...

— Dom... žao mi je čoveče, ali ne može biti lošiji nego ovde. Moraš se odmah vratiti u Njujork!

XIII

- Eli -

Zaklela bih se da je Dominik u trenu prebledeo. Ne znam šta mu je Luj govorio, ali njegovo mi lice nije govorilo ništa dobro. Osećala sam da se sprema oluja. Od nasmejanog, Dominikovo lice se u trenu pretvorilo u sivilo. Postavljao je pitanja koja su bila jako kratka i iz kojih nisam mogla ni naslutiti šta bi mu Luj mogao govoriti. Na kraju je samo rekao: „Razumem. Zvaću te."

Nakon što je prekinuo vezu bacio je telefon na sto i njegovo odskakanje me je trgnulo, a pre nego sam uspela išta da izustim prekrio je lice obema rukama i spustio glavu. Znala sam da je potrebno da sačekam. Očigledno mu je potrebno vremena pre nego kaže. Nakon par minuta tišine, spustio je ruke, glave još uvek obešene nadole.

— Moram u Njujork.

Tek onda je podigao pogled ka meni. Mogla sam da čitam bespomoćnost iz njegovih očiju. Bilo je očigledno da ne ide svojevoljno, ali to nije sprečilo lom mog srca za koji sam bila ubeđena da se čuje. Sve se rušilo oko mene kao staklo. Dominik je čekao moju reakciju, za koju nisam bila sposobna. Suzdržavala sam se da ne zaplačem. Jednostavno sam znala da više nikada ništa neće biti isto. Mislila sam da će mi biti lakše jer sam sve vreme bila svesna da će ovo doći u nekom trenutku, ali ne tako naglo, ne sada.

Da li bi mi bilo lakše da je bilo kasnije? Ili pre? Ne. Jedva da sam uspela da progovorim:

— Šta... šta se desilo?

Nije da mi je bio važan razlog kada je ishod isti. Koji god bio razlog neće biti ovde i to je jedino što se računa, koliko god to bilo sebično sa moje strane. U ovom trenutku me nije bilo briga. Želela sam da porušim sve oko sebe, ali sam ipak bila bolno svesna da to ne bi ništa promenilo. Ali ako sklonim svoj bes po strani, naravno da me zanima zašto je toliko uzrujan. Jer nešto veliko se očigledno događalo.

— Postoji problem sa nekim investicijama i ja... moram biti tamo.

Klimnula sam glavom sada sve manje uspevajući, a ako ćemo iskreno, nisam se ni trudila da sakrijem svoj bes, bio je očigledan. Klimnula sam glavom oštro dajući mu do znanja da je dovoljno. Da je sve jasno.

— Zbog posla. Razumem.

Ali nisam razumela. Šta je to što nije moglo da se reši iz daljine kao što je do sada radio.

— Ne razumeš — polako je rekao, naglo i duboko uzdahnuvši. — Nije samo posao u pitanju. Mogao bih da zaglavim u zatvoru. Protiv mene je pokrenuta istraga i ja prosto moram biti tamo — gledao me je očajničkim pogledom dok su se moje oči raširile kao tanjiri. Ne samo da sam u trenu shvatila ozbiljnost situacije već sam se i uplašila. Ipak, nisam mogla da poverujem da je mogao uraditi nešto protivzakonito. Ali opet, zdrav razum, ako ga je i malo ostalo, povezuje tačkice drugačije. Odjednom mi ta priča koju je ispričao nije delovala ubedljivo. Šta ako je u stvari samo pobegao ovamo da se sakrije? Mozak mi je bio brži od srca ovog puta pa sam ga to direktno i pitala.

— Da li je to razlog tvog dolaska ovamo? Znao si da ovo dolazi?

Čim sam čula sebe zažalila sam. To nije dobro zvučalo. Mogla sam u njegovom pogledu da pročitam sve negativne emocije — bes, tugu, razočaranje, izdaju... odmahivao je glavom u neverici.

— Molim?! Ne! Naravno da ne! Nisam znao da mi se ovo sprema. I, naravno da nisam kriv! Ovo je očigledno nameštaljka mog rođenog oca koji mi se sveti što sam „ukaljao" njegovo ime kada sam odlučio da živim svoj život. I njegov nenormalni način da me vrati nazad.

Bio je sve više uzrujan i znala sam da sam preterala, naročito nakon reči koje sam čula. Ako je zaista tako onda je gadno izdat i primio je najbolniji mogući udarac. Ono što mu je potrebno u ovom trenutku je moja podrška, a ne osuda. Prišla sam mu i uhvatila obema rukama za glavu, terajući ga da me pogleda u oči.

— Oprosti, u redu? Nisam tako mislila. Samo sam... ne znam, reagovala impulsivno.

Nije delovao ubeđeno, ni manje razočarano, ali je klimnuo glavom.

— Možeš li mi objasniti o čemu se radi?

Nakon što se malo smirio seli smo na krevet u dnevnom boravku kada je počeo da objašnjava.

— Na berzi kompanije za svoje akcije i druge hartije od vrednosti koriste takozvane ISIN brojeve. To je njihov identifikacioni broj. Taj ISIN sistem se koristi širom sveta od strane fondova, kompanija i vlada. Ako kompanija čije su akcije na berzi dobro posluje i ima dobru reputaciju vrednost njenih akcija raste. Često se, međutim, dešava da neke kompanije uspeju da prikriju svoje loše finansijske, etičke ili druge loše stvari kako bi sprečile pad svojih akcija. Pad akcija rezultira ne samo gubitkom već može dovesti do katastrofalnih posledica i pada nekih od najvećih kompanija. To nije nešto što se nije dešavalo. Ne samo da stradaju menadžerski timovi već i mnogo ljudi genralno ostane bez posla. Desilo se da su takvi loši zapisi, koji su bili dobro čuvana tajna, procureli u javnost i to bez sumnje, namerno. Takođe, ja bez sumnje znam da je to delo mog oca, jer je on to mogao učiniti bez problema. Međutim, svu pažnju na krivicu usmerio je na mene. Moje povlačenje sa pozicije brokera u trenutku kada sam takoreći bio na vrhuncu karijere, ide u prilog špekulacijama. Posledice su ogromne. Kao što sam i rekao. Akcije ovih kompanija su izgubile svoju vrednost i ne samo kompanije već i investitori su pretrpeli ogromne gubitke. Luj me je obavestio da je protiv mene pokrenuta istraga. Iz tog razloga bolje je da se sam pojavim i to što pre, jer bi svako dalje odlaganje izazvalo dodatnu sumnju. Pored toga, kompanije koje su pretrpele ove gubitke... pa ja sam imao akcije u njima. Što znači da su i moje investicije upravo propale. Nisam stigao da pitam Luja ali verujem da je u ovom trenutku penthaus jedino što mi je ostalo, a verovatno je i on pod zaplenom dok traje proces.

Slušala sam ga širom otvorenih očiju, nisam mogla da dođem sebi od šoka. Blago rečeno je u ogromnom problemu i nemam nikakvu ideju kako bi ga mogao rešiti. I to me dodatno frustrira. Volela bih da mu mogu pomoći, ali ruke su mi vezane. Gledao me je sa mešavinom bola i žaljenja.

— Moram biti tamo, OK?

Klimnula sam glavom i spustila je kako ne bi video moje suze. To je poslednje što mu je u ovom trenutku potrebno.

— Moram da odem i sperem ljagu sa svog imena, da nađem način da dokažem svoju nevinost. Verujem da Luj radi sve što je u njegovoj moći. Verujem u njega ne samo kao prijatelja već i kao vrhunskog advokata, ali moram biti tamo.

Nakon par trenutaka tišine, obuhvato mi je glavu rukama, utisnuo poljubac u glavu, a potom ustao i zaputio se ka vratima. Kada je bio kod vrata skočila sam i sada već ne mogavši da sakrijem suze jedva čujnim glasom sam progovorila:

— Hoćeš... hoćeš li se vratiti?

Naglo se okrenuo ka meni, namršten i raširio ruke.

— Do đavola, Eli, ne znam ni da li ću biti na slobodi! Jesi li me slušala šta sam ti govorio?!

Suze su mi krenule u većim i bržim potocima, ali sam samo spustila glavu pogleda uperenog u pod, a potom zažmurila. Stvorio se uz mene u sekundi i zagrlio me.

— Oprosti, oprosti! Nisi ti kriva. Samo sam... napet i izgubljen trenutno.

Glave priljubljene na njegove grudi uspela sam blago klimnuti.

Kratak poljubac za kraj i ovoga puta vrata su ostala zatvorena za njim.

Znala sam da će ovaj dan doći, spremala sam se za to. Ali se nisam nadala ovakvom rastanku. Da li bi mi bilo lakše da samo se drugačije rastali? Verovatno ne. Srce bi mi bilo jedanko slomljeno. Ali i možda vremenom uspelo da spoji svoje delove. Sada, kada znam u kakvu borbu odlazi i da je ishod neizvestan, komadi mog slomljenog srca dodatno trepere i ne mogu doći jedno do drugog kako bi se sastavili.

XIV

- Dominik -

Za tren sam iz raja prešao u pakao. U sekundi. Hodao sam srećan i rasterećen, i nagazio na minu. A onda je sve odletelo u vazduh. Našao sam se u situaciji koju ne bih poželeo ni neprijatelju. Već petnaest dana je prošlo od mog povratka, a da ne znam gde ni kada. Sve se samo vrtelo ukrug. Pitanja, papiri, odgovori. Neprospavane noći. Stres. Bes. Nemoć.

Luj i ja smo kopali danima i noćima kako bismo dokazali moju nevinost. Bio sam pod istragom i nisam mogao da napustim zemlju. Sve što je moglo dodatno da mi oteža situaciju u kojoj sam bio se pogodilo. Bio sam iscrpljen.

Jedinu snagu sam crpeo iz sećanja na dane provedene sa Eli. Naših razgovora, šetnji, zajedničkih trenutaka. Plašio sam se da će njen osmeh izbledeti u mom sećanju. A što je još gore, da ću ja izbledeti u njenom. Gušio me je način na koji smo se rastali. Da stvar bude još gora nisam uopšte bio u kontaktu sa njom otkako smo se rastali. Ona nije imala moj broj ovde, na starom mi je u prvim danima slala poruke koje sam bio prinuđen da ignorišem. Ostavio sam je u mraku. Ali koliko god to želeo, nisam se usudio da razgovoaram sa njom. Bar ne još, ne dok ne naiđemo makar na neki trag nade da ću se moći osloboditi ovoga. Nisam želeo da je uvlačim u ovaj haos. Iako nevoljno, morao sam da se pomirim sa tim da postoji verovatnoća da neću uspeti. Pored toga, ne želim da nju, kao moj kontakt, uplićem u ovu istragu. Najbolje za nju je da je držim po strani koliko god joj to izgledalo loše sada. I šta god mislila o meni. To je cena koju ću morati da platim ukoliko želim da je zaštitim.

Nosio sam kutijicu u koju sam spakovao poruke koje sam izvlačio, kao svoju amajliju. Svaka bi me podsećala na neki trenutak. Ponekad bih ih nasumice vadio i sećao se.

Uspeh bez ljubavi, vredan je koliko i kralj bez krune!

Nasmejao sam se sebi ogorčeno.

„U Francuskoj postoji tradicija za Bogojavljenje koja se vezuje za pojavu tri Sveta kralja. Tog dana se priprema kolač galet de roa ili u prevodu, kraljevski kolač. U njemu se sakrije figurica, a kolač se seče na onoliko parčića koliko ima gostiju za stolom. Najmlađa osoba se sakrije pod stolom i izgovara ime po ime onog koji će dobiti parče koje se nalazi u ruci domaćice. Osoba koja dobije parče sa figuricom postaje kralj i dobija krunu...”

Sećam se uzbuđenja sa kojim mi je to pričala. One sam joj noći hteo reći da ću biti tu da probam njen kraljevski kolač. Ali nije se dalo. Sada se pitam da li je tako ispalo bolje, jer nije znala da sam planirao ostati. Da li bi joj bilo lakše da jesam? Verovatno. Ali tada bi se držala za nešto, a ja nisam mogao biti toliko sebičan da to dopustim, ne znajući kakva me sudbina čeka.

Ono što takođe nije znala je da je, igrom slučaja, meni baš tog dana rođendan. Nadao sam se da ću dobiti svoju krunu, ali se ispostavilo da mi je od „kraljevstva” ostalo samo prezime (King), koje me je proklelo.

Vratio sam poruku u kutijicu i video da je ispala još jedna pa je dohvatio.

Voda održava brod na površini, ali ga isto tako može i potopiti.

Hm... pa sada znam smisao i ovih reči.

———

Nakon nedelju dana Luj se pojavio sa vestima koje bi mogle biti mali tračak svetlosti na kraju tunela. Imali smo trag koji bi mogao dokazati da iza svega ovoga stoji moj otac, ali čak i da uspemo u tome, nisam uspeo dokazati svoju nevinost, jer nema garancije da me neće dovesti u vezu sa njim i okarakterisati to kao zajedničko delo. Ipak, za nešto smo se morali uhvatiti. Morao sam da dokažem da nisam znao za ono što se dešavalo u tim kompanijama, a kamoli da sam pustio te informacije u javnost. A onda mi je sinulo!

— Brod! — izgovorio sam naglas gledajući Luja koji me gledao sa čuđenjem.

— Brod? — izvio je obrve upitno.

— Da. Kompanija brodogradilišta. Sećaš se da sam bio sumnjičav jer je cena njihovih akcija krenula da raste ubrzo nakon mog investiranja u njihove akcije?

Luj je sada zadovoljno klimao glavom.

— Imao sam prepisku sa njihovim menadžmentom. Sećaš se da su mi rekli da je tome doprinelo veliko ulaganje tajnog investitora... slali su mi finansijske izveštaje. Ako je došlo do iznenadnog povlačenja te investicije nakon toga, to bi ih znatno oslabilo. Ali ako javnost za to ne bi saznala, ne bi došlo do pada vrednosti akcija, kao što i nije.

— Shvatam gde ideš sa ovim. Misliš da je potez za sve tri kompanije bio isti i da je tajni investitor bio...

— Moj otac! On je jedan od retkih sa toliko živog kapitala da to može uraditi. Namerno je pratio moje poteze.

— Ako bismo uspeli da dokažemo da je on tajni investitor...

— Za početak, javnost ne zna da je postojao tajni investitor, niti bi oni to smeli reći ako je tajni. Mislim da su se greškom izleteli. Pored toga, uporedićemo izveštaje koje su meni poslali sa onima koji su predati sudu.

— To je to. Donesi ih! Bacimo se odmah na to.

Nakon pola sata kopanja po stvarima postao sam bolno svestan činjenice da mi je hard disk na kome su mi svi podaci koji su mi potrebni definitivno ostao u Francuskoj.

— Ne mogu da verujem! — šutirao sam stvari po sobi u besu.

Luj je pokušavao da sačuva svoj razum kako bi našao rešenje dok me je smirivao.

— OK. Nema druge. Idem ja po njih u Menton.

Pogledao sam ga zbunjeno, ali sam znao da je to jedino moguće rešenje.

—————

Cela ova stvar sa porukama dala mi je ideju da napravim nešto za Eli. Time sam prekraćivao svoje besane noći u proteklom periodu da ne poludim. Nisam znao da li ćemo se ikada ponovo sresti, ali sam znao da želim da ovo nađe put do nje umesto mene. Naš je rastanak bio jako loš i težak i to bi bilo moje izvinjenje za ovakav kraj. Zaslužuje makar da zna koliko mi je značila, ukoliko to nije shvatila iz mog ponašanja ili je nakon svega posumnjala.

Luj je svratio pre polaska da mi ostavi još jednu hrpu papira koje ću proučavati tokom njegovog odsustva.

— Izvini što sam ti natovario i ovaj put na grbaču, i hvala ti.

— Hej, neću da te čujem. Ti bi isto uradio za mene.

Klimnuo sam glavom.

— Bez razmišljanja. Mogu li da te zamolim još nešto?

— Naravno.

Izvadio sam kutiju u koju sam upakovao poklon za Eli.

— Znam da ćeš biti nakratko u Mentonu, ali ako bi mogao da predaš ovo Eli... bio bih ti još veći dužnik.

Pogledao je u kutiju pa u mene.

— Devojka iz poslastičarnice? Ona o kojoj si pričao?

Klimnuo sam glavom.

— Da. Ona koja mi je donela sreću — rekao sam gledajući zamišljeno u stranu.

Luj se ironično nasmejao.

— Brate, ne znam kako bih ti rekao, ali situacija u kojoj se trenutno nalaziš uopšte nije srećna. Uostalom, zar te ona nije umalo i ubila kikirikijem?

Nasmejao sam se setivši se tog incidenta koji nas je u stvari i zbližio.

— To je ta! Samo joj predaj ovo, molim te.

Klimnuo je glavom i uzeo kutiju.

— Bez brige. Biće isporučeno direktno na ruke — namignuo mi je i otišao.

XV

- Eli -

Najpre su se bes i strah smenjivali. Briga. Neizvesnost. Mislim da te noći kada je Dominik otišao nisam ni bila svesna ozbiljnosti situacije u kojoj se našao. Kako je adrenalin popuštao i bes se smenjivao, nastupio je strah. Prihvatanje.

Nije se javio ni kada je sleteo u Njujork. Pravdala sam to situacijom u kojoj se našao. Sigurno je u haosu, javiće se čim bude mogao. Dva dana kasnije i dalje nije bilo ni traga ni glasa od njega. Ne samo da se nije javljao, nije odgovarao ni na moje poruke. Strah je rastao. Šta ako mu se nešto desilo? Nisam imala koga ni da pitam. Nisam poznavala nikoga iz njegovog okruženja. Pričao je o svom prijatelju Luju koji ga je navodno i pozvao, ali nisam ga poznavala, kao što nisam imala ni njegov kontakt ili adresu. Otišla sam do njegovog stana, onog u kojem je Dominik boravio, ne bih li pokušala od komšija da doznam kontakt, ali niko ga nije imao. Luj odavno nije tu živeo. Bar ne da su oni znali. Bila sam bespomoćna i beznadežna. Svaki moj pokušaj izlaska iz lavirinta u kome sam se našla bio je bezuspešan. Samo bih se vraćala na početak.

Neprospavane noći su se nizale. Nedostatak informacija me je vodio ka sopstvenim zaključcima koji mi se ni malo nisu svideli. Produbljivali su moju anksioznost. Prelistavala sam po internetu američku štampu ne bih li naišla na bilo koji članak. Uzalud.

Desetog dana sam došla u novu fazu prihvatanja. Gotovo je. Donela sam sopstveni zaključak. Jedini koji se mogao utemeljiti na svim raspoloživim činjenicama. Pobegao je. Izmislio je celu priču kako bi otišao. Nema drugog objašnjenja. Inače bi našao načina da se javi. Znao je koliko brinem, da sam bar dobila vest da je dobro. Ali nisam. Verovatno sa razlogom. A jedini razlog koji sam uspela da pronađem je da je samo pobegao.

Takvo stanje izazvalo je brojne promene u meni i na meni, koje su bile i više nego očigledne. Vreme, ponavljala sam sebi. Sve što ti je potrebno je vreme. Prebolećeš. Podsećala sam se kako sam ušla u sve to. Svesna rizika da ću na kraju ostati ovakva, slomljenog srca.

Ali koliko vremena tačno je potrebno da bi se sve svelo na dragu uspomenu? Na koji način kada je sve u šta bih pogledala podsećalo na njega. U stanu, u poslastičarnici, čak i na mom omiljenom mestu na koje bih uvek bežala. Uspeo je da uđe u svaki kutak mog života. Gledala sam pred sobom u kolačiće u koje sam ubacivala poruke. Oči su mi se napunile suzama, ali više im nisam davala da idu dalje odatle.

Na kraju, ostala je samo jedna poruka koju nisam imala gde da ubacim jer više nije bilo testa. Nasmejala sam se ironiji. Pa, ova je moja, pomislila sam.

Na tvom putu pojaviće se šarmantni stranac koji će ti doneti blagoslov.

Počela sam histerično da se smejem.

— Pa ti si izgleda zakasnila, trebalo je da te dobijem ranije — rekla sam odmahujući glavom.

Mari se pojavila bojažljivo me gledajući, ne znajući kako da se nosi sa mojim raspoloženjem, i nisam je mogla kriviti zbog toga. Nisam znala ni ja.

— Jesi li dobro? — upitala je zabrinuto.

Odmahnula sam rukom.

— O, da odlično! — uzvratila sam sarkastično.

Nije me ništa pitala oko celokupne situacije i na tome sam joj bila beskrajno zahvalna. Jer, zaista ne bih znala da objasnim situaciju u kojoj sam.

Dane sam nekako i stopila kroz posao, ali noću, kada ostanem sama sa sobom, tumbajući se po krevetu u potrazi za snom, pitanja bi dolazila rafalno.

Je li ovo karma? Loša sreća? Zla sudbina? Prokletstvo? Možda, jer nisam nikoga mogla da pustim u svoju život i sve sam ih oterala, sada jedini muškarac kojeg sam želela pored sebe ostavio me je? I na kraju bi, ni sama ne znam da li kao briga ili tračak nade, dolazilo pitanje, šta ako mu se ipak nešto desilo i nije bio u mogućnosti da se javi? Onda bih opet potopila sva opravdanja kao brodove i vratila se besu iz nemoći.

———

Skoro mesec dana od Dominikovog odlaska nisam bila ništa boljeg raspoloženja. Još uvek sam tražila lepak koji bi komade mog srca sastavio.

Poslednji gosti su upravo ustali i Mari se spremala da krene. Poslala sam je kući odmah i ostala da se sama pobrinem oko zatvaranja. Što duže se zadržim tu, kraće će trajati moja agonija kada me kući dočekaju hladni zidovi po kojima je nevidljivom bojom svuda ispisano Dominikovo ime. Spustila sam čaše u sudoperu i okrenula se da se vratim da zaključam vrata kada sam na njima ugledala stranca. Ne očekujući ga tu, refleksno sam se trgla pa se brzo pribrala.

— Oprostite, ali gotovi smo za danas. Upravo sam krenula da zaključam.

Njegov lik mi je delovao poznato ali sam sigurna da ga nisam poznavala. Takođe, nije bio nijedan od stalnih gostiju, definitivno ga vidim prvi put u životu iako mi deluje poznato. Možda me samo podseća na nekoga, ali sam sada preumorna da bih to analizirala.

— Žao mi je. Nisam stigao da dođem ranije. Tražim Eli Martines?!

Namrštila sam se jer mi je ova situacija bivala sve čudnija.

— Da li se poznajemo? — upitala sam zbunjeno.

Stranac se nasmejao.

— I pretpostavio sam da si to ti. Sada mi je mnogo toga jasnije — zastao je na tren gledajući ka podu i odmahujući glavom još uvek se smešeći.

A meni apsolutno ništa nije bilo jasno i moja je faca to jasno govorila. Gestikulacijom sam ga pozvala da nastavi, podsećajući ga da i dalje čekam odgovor.

— Oprosti, ne, ne poznajemo se. Ja sam Luj.

Pružio je ruku ka meni i ja sam usporeno uzvratila. Sledila sam se. Zato mi je delovao poznato, videla sam ga na slikama koje mi je Dominik pokazivao. Njegovo pojavljivanje ovde može značiti mnogo toga, a sve čemu se u ovom trenutku nadam jeste da mi neće saopštiti nešto loše u vezi Dominika. Sa bezbroj pitanja u glavi, ali nemoćna da progovorim, tupo sam zurila u njega.

— Verujem da sam te iznenadio, ja sam...

— Znam ko si! — rekla sam iznenadivši sebe.

Podigao je obrve, zaklativši se na nogama. Dobro, to nije bila baš najtoplija dobrodošlica, ali ne znam ni kakvu je zaslužio, iskreno.

— Izvini, samo nisam očkivala... nisam... — gledala sam okolo.

— U redu je. Razumem. U stvari, neću ti oduzeti mnogo vremena...

Ne! On je jedina osoba koja mi možda može dati odgovore na pitanja koja me muče danima i noćima. Ne mogu ga olako pustiti.

— Ne! Ne, molim te, uđi! — povukla sam ga za rukav i zaključala vrata za njim te spustila žaluzine. — Sedi — pokazala sam rukom ka stolu i on je poslušao. — Želiš li nešto da popiješ ili pojedeš?

— Iskreno, nisam to planirao. Čak ni da se zadržim. Ali deluješ kao da je tebi u ovom trenutku piće preko potrebno pa ti se mogu pridružiti — rekao je otkrivajući red savršeno belih zuba.

Uspela sam da uzvratim osmehom i klimnula glavom.

Ubrzo sam zauzela mesto preko puta njega, stavljajući bocu džina i dve čaše na sto. Džentlmenski je preuzeo da naspe piće.

Nisam navikla da pijem. Ali ovo mi je zaista bilo potrebno kako bih skupila neku hrabrost za ovaj razgovor. Iskapila sam sadržaj svoje čaše i potom se zakašljala. Sve je u meni gorelo, ali nije moglo biti gore nego do sada. Luj je dosipao ponovo, a onda podigao svoju čašu i kucnuo o moju, pa popio gutljaj. Tišina se spustila na nas. Zurila sam u čašu u ruci, ni sama ne znajući šta da kažem.

— Reci kada budeš spremna... — Luj se ponovo našalio, ali ja se nisam pomakla.

— Da li... — uzdahnula sam. — Da li je on dobro? — rekla sam gotovo šapatom, pa podigla glavu i pogledala ga pravo u oči.

Luj je klimnuo glavom u odobrenju, a onda odmahivao u stranu.

— Fizički jeste. Ali sve ostalo... pa valjda je razumljivo s obzirom na situaciju u kojoj se našao.

Klimnula sam glavom i progutala knedlu.

— Nije se javio... nisam znala ništa o njemu... I ne bih i dalje da se nisi pojavio. Svaki pokušaj da dođem do bilo koje informacije završavao je u slepoj ulici. Dok nisam odustala...

— On je samo hteo da te zaštiti...

— Da me zaštiti?! — frknula sam previše glasno i besno. — Da me zaštiti tako što će me ostaviti sa pitanjima bez odgovora, brigom i strahom?

— Vidi, verujem da sa tvoje tačke gledišta sve to deluje... Ne znam ni koju bih reč upotrebio, ali Dom je zaista samo želeo da te drži dalje od svega dok ne reši trenutnu situaciju. A situacija je jako komplikovana. Nije želeo da te na bilo koji način uplete u to, a proveravaju sve njegove kontakte, između ostalog. Sve dok traje istraga on ne sme da napusti zemlju, takođe.

— Ima li kakvog pomaka u istrazi? Hoće li uspeti da dokaže svoju nevinost?

— Radimo na tome. Iz tog razloga sam inače i došao. Dom je zaboravio neke stvari ovde u žurbi, koje bi nam mogle biti od koristi. Na tragu smo mnogim stvarima i iskreno se nadam da neće proći još mnogo vremena dok to ne rešimo.

Klimnula sam glavom.

— Mogu li nekako pomoći?

Luj je sažaljivo odmahnuo glavom, a onda se laktovima naslonio na sto i primakao mi se prijateljski.

— Vidi, Eli, biću surovo iskren. Zovi to profesionalnom deformacijom, a isto ona me je i naučila da ljude prepoznajem na prvi pogled i ne grešim u proceni. Dominik te je pominjao, još dok je bio ovde, naravno. Sigurno ti je pomenuo da smo jako bliski. Znaš i da sam ga ja poslao ovamo i sa kojim razlogom. Bio je ushićen zbog vašeg poznanstva, ali iskren da budem, smatrao sam to samo nekom usputnom avanturom. Dominik nikada nije bio dobar u vezama i nije im ni težio. Ja ga znam najbolje od svih, a nikada ga nisam takvog video. I znajući ono što sam znao, verovao sam da će ga sve to proći i da će po povratku u Njujork brzo zaboraviti i nastaviti dalje. Nemoj me shvatiti pogrešno, voleo bih više od bilo čega da se skrasi, znam koliko znači za muškarca da ima iza sebe stabilnu ženu jer sam imao sreće da to iskusim. Ali to je jednostavno Dom... nije bilo načina ubediti ga ni da pokuša. Ali vratio se i, bez obzira na celu ovu situaciju, nastavio je da priča o tebi. Nikada ga nisam video da o nekom govori sa toliko žara.

Suze su sada našle svoj put i slivale se niz moje lice u tišini dok sam ga slušala.

— Mislim da si mu ti bila neka vrsta zvezde vodilje dok prolazi kroz sve ovo, kao da u tebi nalazi motivaciju i potrebnu snagu da nastavi dalje. Nije moje da to kažem, ali ne znam kada će on imati priliku za to, a verujem da bi voleo da to znaš. Sada, kada sam upoznao i tebe... zaista bih voleo da uspete. Ne znam kakvi su tvoji planovi i da li si već odustala od njega i nije moje da na njih utičem, ali mogu razumeti zašto se promenio. Mogu razumeti zašto je zapeo za devojku koja ga je umalo otrovala — nasmejao se, dok sam se ja zacrvenela, ali i sama se nasmejala kroz suze. — Te mi suze govore da još uvek ima nade...

Pogledala sam ga i ponovo se nasmejala brišući rukavom lice, krajnje „damski”.

— Nisam došao ovamo svojevoljno, samo da bih te upoznao, i to ti moram priznati, ali drago mi je da jesam. Učiniću sve što mogu da vam pomognem.

Stavio je na sto između nas kutiju. Pogledala sam u nju, pa u njega očekujući objašnjenje.

— Dom me je zamolio da ti ovo predam. Ne znam šta je unutra, ali se nadam da će ti pomoći da pronađeš utehu ili odgovore koji su ti potrebni.

Moje je lice odavalo treperenje mog srca, sigurna sam u to, jer nisam ni umela ni želela da sakrijem radost koja me je pogodila posle toliko dana tuge.

— Hvala ti. Zaista ti mnogo, mnogo hvala — rekla sam stegnuvši mu ruku.

— Nema na čemu, bilo mi je zadovoljstvo — ustao je i ja za njim.

A onda me je privukao u kratki zagrljaj.

— Čuvaj se. Onako kako bi te Dom čuvao da je tu, OK?

Klimnula sam glavom.

— Moram da idem.

Izvadio je iz unutrašnjeg džepa svoju vizitkartu i dao mi.

— Ovde je moj broj. Ne oklevaj da me pozoveš ako ti bude bilo šta potrebno.

— Hvala ti još jednom.

Kada smo stigli do vrata, otključala sam ih i Luj je krenuo nazad.

— Luj?

Okrenuo se na par koraka od mene i pogledao preko ramena.

— Sačekaj!

Vratila sam se trkom do šanka i uzela jedan od kolačića sa porukom iz posude nasumice i stavila u malu papirnu kutiju pa se trkom vratila do Luja.

— Možeš li mu, molim te, poneti ovo?

— Naravno — nasmejao se.

— I reci mu... da verujem u crvenu nit!

Luj se namrštio, ali i zadržao osmeh na licu. Klimnuo je glavom i nestao niz park.

XVI

- Eli -

Za razliku od prethodnih dana, trkom sam stigla kući. Želela sam da što pre otvorim kutiju koju mi je Dominik poslao. Kada sam se najzad udobno smestila na svoj kauč, sa kutijom u krilu, na tren me je obuzeo strah. Radovala sam se ovome, ali šta ako je unutra nešto što će staviti tačku na našu priču. Ne, upravo sam rekla da verujem u crvenu nit i stojim iza toga. Osećam to. Ako je i takvo što, promeniće se. Duboko sam uzahnula i skinula poklopac sa kutije.

Unutra je bila još jedna, plastična providna kutija sa pregradama, a u svakoj pregradi bili su papirići različitih boja. Podigla sam je znatiželjno i ispod zatekla pismo.

Draga Eli,

U ovom trenutku ne znam da li si već odustala od mene, od nas... ali ako i jesi ne bih te ni trena krivio, jer bi imala potpuno pravo na to. Naš rastanak nije bio onakav kakvim sam ga zamišljao. Tačnije, nisam ni zamišljao da će ga biti. Mogu se pravdati situacijom u kojoj sam se našao, ali neću to učiniti. Bez obzira na sve, trebalo je da znam bolje. Nisam trebao otići bez reči, bez zagrljaja, poljupca... ali nisam želeo da dam nikakvu konačnost našem putu.

Želeo bih toliko toga da ti kažem, ali i dalje sam u bezizlaznoj situaciji i trenutno se borim između sebičnosti da te to vreme imam uz sebe i zdravog razuma da se držiš podalje. Ovo pismo je dokaz da je srce pobedilo.

Nedostaješ mi. Mnogo. Svakog dana sve više. Nedostaju mi naši razgovori, doskočice, tvoj smeh... nedostaje mi i čovek koji sam bio pored tebe. Ovog kojeg sada gledam u ogledalu ne podnosim.

Lagao bih takođe ako bih rekao da se nadam da ti moj odlazak i nejavljanje nisu teško pali, jer to bi onda značilo da ti nije stalo. Ali se isto tako nadam da ću imati prilike da ti to nadoknadim. U ovim besanim noćima, trudio sam se da te mislima utešim. A onda sam došao na ideju da bar na neki način budem uz tebe.

Kutija koju si dobila sadrži papire različitih boja i na svakom od njih ispisana je poruka. Svaka boja se vezuje za raspoloženje. Tako, kada si tužna biraj plavi papirić, kada si razočarana žuti, kada si ljuta crveni, kada si radosna zeleni... ako se osetiš toliko beznadežno otvori beli.

I uvek imaj na umu, da čak i kada nisam pored tebe, u mojim si mislima.
Dominik

Bila sam u iskušenju da ih otvorim sve odjednom! Uostalom, sva su me raspoloženja i prošla u tom trenutku. Radost, jer me nije ostavio, bes jer sada nije kraj mene, razočaranje i tuga što ga baš u ovom momentu ne mogu zagrliti. Ali sam znala da bih na taj način uništila magiju ideje koju je imao. Znala sam da će svi naredni dani do onog kada se ne sretnemo ponovo imati samo jedno raspoloženje kao konstantu, ali sam odlučila da ću ih vući jednu po jednu. Tako ću zaista imati utisak da je svaki dan sa mnom.

Najviše pažnje privukao mi je beli papir. Bio je nešto deblji od ostalih, ali zato jer je očigledno veći i sklopljen na više delova. Dakle, bio je samo jedan. U svim ostalim bojama bilo ih je više, ali beli je bio samo jedan. Iskušenje da njega uzmem odmah bilo je najveće, ali sam nekako uspela da se iskontrolišem.

Emocije su nastavile da vode rat u meni smenjujući se, i na kraju je tuga pobedila. Kada sam krenula na spavanje izvukla sam jedan papirić plave boje.

Nemoj biti tužna, zato što uživam samo kada te vidim srećnu!

Sa osmehom na licu, zaspala sam držeći je u ruci.

XVII

- Dominik -

„Šta je to što visi sa grane?"

„Ne znam... neka crvena traka. Verovatno je vetar naneo ili je neko od gostiju tu okačio... O čemu razmišljaš sa tim smeškom?"

„Podsetila me je na legendu o crvenoj niti. Da li znaš tu priču?"

Odmahnula je glavom, zainteresovana da je čuje.

„Kinezi veruju da postoji nevidljiva crvena nit kojom su ljudi još po rođenju spojeni sa svojim srodnim dušama. Kao na primer, tvoja nit je u ovom trenutku vezana oko tvog prsta, a drugi kraj te niti je na prstu tvoje srodne duše, samo što vama golim okom nisu vidljive. Kinezi veruju da ona ipak vodi ljude jedne ka drugima, da se u određenom trenutku sretnu. Legenda ide otprilike ovako: Jedan je mladi carević čuo da postoji veštica koja ima moć da vidi tu nit koja je drugima nevidljiva. Zato je naredio da je dovedu, a onda od nje tražio da prati njegovu nit i pokaže mu suđenu. Ona je pratila njegovu nit i dovela ga do pijace gde je jedna jako siromašna žena sedela i držala bebu u rukama. 'Ovde se tvoja nit završava', rekla mu je. Razočaran ishodom gurnuo je ženu i dete je palo. Od tog pada, na licu mu je ostao ožiljak, kao obeležje. Prošle su godine, i kada je došlo vreme da se oženi pred njega su doveli najlepšu devojku koju su pronašli. Kada je podigao veo video je na njenom licu ožiljak koji je sam napravio i shvatio da se od sudbine ne može pobeći."

„Vauuu... interesantno. Da li ti veruješ u crvenu nit?"

„Iskreno, nisam o tome razmišljao... ali sada definitivno verujem da se ništa ne dešava slučajno i da za sve postoji razlog. Da li ti veruješ da je takvo nešto moguće?"

Slegnula je ramenima...

Prisetio sam se našeg razgovora jedne večeri dok smo sedeli zagrljeni pod našim drvetom i sa smeškom se izgubio u mislima.

— Siguran si da ti je to rekla? Da veruje u crvenu nit?

Luj me je gledao začuđeno.

— Da, siguran sam. Pitao si me već dva puta. Nije mi to delovalo toliko bitno ali očigledno jeste, jer sam te zbog tih par reči posle mesec dana video nasmejanog.

— Bitno je. Jer to znači da nije odustala od mene. Da veruje u nas.

— To sam ti i sam mogao reći, bilo je očigledno. Oči je odaju kada ti se ime pomene.

Otvorio je svoju tašnu i iz nje izvukao malu papirnu kutijcu sa logom Eline poslastičarnice.

— I ovo ti je poslala.

Skočio sam kao dete za novu dugoočekivanu igračku. Brzo otvorio i zatekao unutra upravo ono što sam i mislio da jeste. Kolačić sreće. Jače sam se nasmejao i izvukao ga iz kutije pa polomio. Luj me je gledao zabezeknuto.

— Kolač?! Je l' vi mene zezate? Vukao sam kolač preko okeana čuvajući ga kao dragocenost! Vi ste ludi!

Moj je osmeh postajao sve jači zahvaljujući Elinom gestu i njegovoj reakciji.

— Ako će ti biti lakše i jeste dragoceno, ti kolači su nas dovde i doveli.

Gledao me je zbunjeno, ali na kraju podigao ruke u znak predaje. Brzo sam otvorio poruku koja je bila skrivena u njemu.

Čak i kada ga oblaci sakriju, sunce ostaje sunce. Veruj u jačinu svoje snage!

Prišao sam tabli na kojoj smo Luj i ja ovih dana kačili i pisali sve činjenice dok smo vodili sopstvenu istragu u potrazi za potrebnim činjenicama i dokazima, i okačio je na sam vrh. Kao moralno oružje u borbi koja je pred nama. Sada zaista verujem da će sve biti dobro.

Da bi čovek shvatio vrednost sklada, mora da prođe kroz nesklad. Okrenuo sam se ka Luju i sklopio ruke pred sobom.

— Sada možemo početi. Da vidimo te izveštaje.

XVIII

- Eli -

Svako bih jutro ustajala sa dozom radosti, jer me je čekala nova poruka, i svake večeri sa dozom tuge odlazila u krevet jer ću zaspati bez Dominikovog zagrljaja, ali sa njegovom porukom. Sinoć sam, dakle, ponovo birala plavu. Izvukla sam je ispod jastuka i ponovo pogledala.

Vreme i udaljenost nas samo jačaju.

Toliko sam želela da verujem u to da ćemo iz svega ovoga izaći jači i svesni vrednosti onoga što imamo. Uspravila sam se i sela naslonjena na uzglavlje pa dohvatila u krilo kutiju kako bih birala novu, jutarnju, zelenu.

Nastavi da budeš radosna jer najbolje nam tek dolazi.

Protegla sam se sa osmehom i verom da će sve doći na svoje. Jedino što mi je potrebno je strpljenje. Verujem, danas više nego ikada, da će Dominik uspeti da izađe na kraj sa onim što se svalilo na njegova pleća i da će se vratiti. Verovala sam u njega, verovala sam u nas i nije mi za to bilo potrebno da ga čujem ili vidim da bih verovala. Znala sam da je tu, da sam u njegovim mislima, kao i on u mojim.

Dok sam se tuširala, razmišljala sam o ironiji u kojoj sam se našla. Zar nisam govorila da bih volela da sam se rodila u nekom prethodnom vremenu, kada su mnoge lepe stvari koje su danas izgubile svaku vrednost bile vredne? Pa, eto me. U XXI veku, sa tolikom tehnikom i tehnologijom oko nas, ja ne mogu stupiti u kontakt sa čovekom kojeg volim ni putem telefona ni video poziva. Čekam ga kao što su nekadašnje heroine čekale svoje ljubljene iz vojske. Čitam njegove poruke kao što su one pisma u tom periodu. Radujem im se u iščekivanju, a onda ih čitam ponovo i ponovo.

Ali nisu svi dani bili isti. Jer, prolazili su kao vozovi dok ja stojim na peronu. Bilo je trenutaka kada sam osećala i ljutnju i bes i nemoć i razočaranje. Preispitivala se ponovo, dolazila u iskušenje da ga ipak pozovem, jer sam padala u krizne i sumnjom potkovane situacije. I svakog bih puta završila sa nekom novom porukom, koja bi me uspela barem privremeno umiriti.

Crvena dok sam osećala bes i nemoć:

Ne postoji osoba ni stvar na ovom svetu koji zaslužuju da ti osmeh siđe sa lica. Podigni glavu i nastavi dalje. Pređi taj most. Obećavam ti da će sa druge strane biti mnogo bolje.

Žuti kada me razočaranje sustiglo:

Ti si moja motivacija, inspiracija i moj izvor snage. Samo ti imaš tu moć.

Plavi kada me tuga savlada:

Ti činiš da se osećam živim. Ti si nešto najbolje što mi se dogodilo.

Te sam ga noći sanjala i probudila se sa osmehom, da bi me tuga zapljusnula kada sam shvatila da java nije ono u čemu sam uživala. Ipak, izabrala sam žutu:

Tako si slatka kada se smeješ. Nemoj prestati. Tvoj je osmeh bio pasoš za ulazak u moje srce.

XIX

Ludeo sam hodajući gore-dole ispred table koju smo postavili, bio sam tako blizu, osećao sam to, ali i dalje nije bilo dovoljno, ne potpuno. Mnoge smo stvari pronašli, ali ipak, sve to još uvek nije u potpunosti skidalo ljagu sa mog imena niti mi garantovalo slobodu. Suđenje je bilo zakazano za dva dana. Verovao sam da ću uspeti, ali ako ne budem svedočio nekom čudu, agonija će se produžiti i ko zna koji ću novi termin dobiti. Uzdahnuo sam gledajući ka nebu, prećutno se moleći za jedno. Ali, čak ni Bog ne može biti tako darežljiv, zar ne? Već sam dobio jedno, Eli. Nasmejao sam se na samu pomisao na nju. Ona je moje najveće čudo. I sama pomisao dala mi je novu snagu. Toliko sam je se uželeo, ne mogu da produžavam ovu agoniju.

Jutro pred suđenje dočekao sam budan gledajući u kapi kiše koje su se slivale niz prozor. Mentalno sam se vratio u trenutak kada sam ih posmatrao na prozoru Elinog stana. Mogao sam da osetim taj miris i toplinu iako je decembar već bio na vratima. Obuzela me je melanholija i tuga. Uskoro će svanuti, barem napolju. Ali mojoj duši još uvek neće. Nisam uspeo da dođem do svih potrebnih dokumenata koji dokazuju moju nevinost. Nevoljno sam ustao ne bih li se spremio.

Dan je već savladao noć i potpuno je svanulo dok sam izlazio iz kupatila. Nasuo sam sebi kafu i obukao se dok sam još jednom prelazio po papirima ispred sebe. Zvono na vratima me je prekinulo. Sedam sati. Luj je trebalo da dođe tek oko devet po mene. Ne bi ovoliko poranio... sem ako nema nekih novosti. Obasjan tračkom nade požurio sam da otvorim, a onda ugledao osobu koju sam najmanje očekivao.

— Mama?!

Moja je majka stajala preda mnom očiju punih suza, pogrbljenih ramena. Iako doterana kao i uvek, sa frizurom, šminkom i odećom koja odiše luksuzom, delovala je više nego ispijeno. Nisam je video dugo. Ni sam ne znam koliko je meseci prošlo. Otkako sam bio sa ocem u lošim odnosima i nju sam slabo viđao. Ona se, istina, držala po strani u našim sukobima, ali nikada nije stala ni u moju odbranu pa sam smatrao da se slaže sa njegovim stavovima i ponašanjem. Viđao sam je povremeno i uglavnom nakratko. Nismo imali prisan odnos. Sve je to bilo nekako... službeno. Ipak, žena koju sada gledam nema nikakvih dodirnih tačaka sa ledenom kraljicom koja je mog oca držala pod ruku, a mene dalje od svega toga.

Bez reči sam se povukao u stranu i, mada namrštenog pogleda, pokazao joj rukom da uđe. Ne mogavši da sakrije suze, ali istovremeno i osmeh iznanađenja jer sam je pustio, ušetala je unutra i razgledala okolo. Ćutke sam je pratio. Prolazila je kroz moj stan kao kroz muzej. Istina, nikada nije dolazila ovamo, pomislio sam. Pipnula bi rukom pokoji komad nameštaja, setno gledajući, a onda završila svoj obilazak i stala kraj prozora, okrenuta mi leđima gledala na grad.

— Nemam prava ni hrabrosti da te gledam u oči — rekla je sa tugom u glasu dok su joj suze očigledno narušavale čvrstinu kojom je inače bila okovana. — Zakasnila sam... mnogo... ali se nadam da ću ti bar sada moći pomoći.

Nisam razumeo o čemu je govorila. Iskren da budem, još uvek sam bio u šoku njenog pojavljivanja i trebalo mi je vremena da shvatim razlog tome. Prišao sam polako i uhvatio je za ramena pa okrenuo sebi. Suze su kvarile njeno uvek savršeno namazano lice, što šminkom, što glumom.

— Je li sve u redu? Jesi li dobro? — pitao sam sa oprezom.

Odmahnula je glavom i drhtavom rukom mi dotakla obraz. Ruke su joj vidno oslabile, gubila je snagu. Ali ja sam se prepustio i zažmurio. Odrastao čovek, a toliko željan majčinske pažnje. Nisam se usudio da otvorim oči jer sam se plašio svoje reakcije. Možda sam samo sanjao. Ali nisam, i dalje je bila tu.

— Oprosti... — tiho je rekla. — Što nisam bila majka kakvu zaslužuješ, iako si bio najdivnije dete na svetu. Što nisi imao detinjstvo kakvo zaslužuješ, bez obzira na sav luksuz i komfor u kome si odrastao. Toliko sam zahvalna Bogu što te nije iskvarilo sve to što ti je uskraćeno.

— Ja... zaista ne razumem čemu sada sve ovo? — pitao sam zbunjeno.

Za tren se pribrala i šmrcnula. Posegla je rukom u tašnu i iz nje izvadila usb memoriju.

— Ovde je sve sa računara tvog oca. Nadam se da će ti biti od pomoći da skineš ljagu sa svog imena.

Dok sam još bio u šoku zastala je na tren, a onda nastavila:

— A njega strpati tamo gde mu je i mesto, zatvorenog, kako više ne bi mogao da naudi nikome.

Gurnula je usb u moje ruke, a ja sam i dalje zbunjen gledao.

— Ali kako si... zašto? — podigao sam glavu gledajući je pravo u oči. Imao sam toliko pitanja i tako malo vremena, sve je u mojoj glavi bilo zbrkano.

— Samo mi oprosti jer nisam skupila hrabrosti ranije. Stidim se što čak ni u tebi nisam pronašla snage da se trgnem, da reagujem, da se usprotivim. Imao je toliko uticaja na mene. U početku sam ga toliko volela da sam mu verovala svaku reč. Da sam verovala da zna bolje jer je pametniji i iskusniji od mene. Bio je odličan u manipulaciji da lako sroza moje samopozdanje i onda upravlja mnome kako želi. Onda si došao ti i ja sam živnula. Ali vrlo kratko. Zabranio mi je i ljutio bi se ako bih te mazila, govorio je da ću na taj način od tebe napraviti slabića, emocionalnu olupinu kakva sam i sama postala.

Još suza, još uboda u moje srce. Kako je moguće da nisam ništa od toga primetio. Možda jer sam bio mali, a do trenutka kada sam možda i mogao da primetim već sam pobegao ili bio poslat dalje. Sada shvatam da mu je tako odgovaralo, da majka ne bi imala nikakav vid zaštite od njega, da može da nastavi svoje ludilo i tiraniju.

— Oprosti, trebalo je da znam... da se zainteresujem...

— Ne. Nikada nemoj kriviti sebe. Nisi mogao da znaš. I moje ti ponašanje ništa drugo nije ni moglo pokazati. Nije mi bilo lako da prihvatim to što me je odvajao od tebe. Vremenom sam posegla za lekovima. Godina za godinom oni su me držali opijenom da mogu lagano nositi svoju masku srećne žene.

— O, mama... — rekao sam očajno kako sam se zaista i osećao čvrsto je grleći.

Ostali smo tako par trenutaka, zagrljeni, bez reči, pokušavajući da u taj zagrljaj utkamo sve propuštene trenutke i godine, iako smo znali da nije dovoljno, da nikada neće biti dovoljno. Nevoljno me je potapšala po ramenu i odvojila se od mene.

— Nemaš sada vremena — pokazala je glavom ka mojoj ruci. — Požuri, sredi to, završi sa tim, a posle ćemo o ostalom.

Klimnuo sam glavom i odmah nazvao Luja da požuri, dok sam već očitavao usb i nalazio sve što nam je bilo potrebno.

- Eli -

Dan deseti otkako je Luj dolazio. Nemam nikakve vesti. Uzaludni pokušaj da zaspim, prevrtanje po krevetu. Uzdahnula sam u očaju, upalila svetlo i posegnula u fioku noćnog stočića za njegovom karticom koju mi je ostavio. Pogledala sam na sat. Vremenska razlika postoji, tamo je još uvek rano, mogu ga nazvati. Rekao je da ga nazovem ako bude bilo potrebno. Oklevala sam.

Šta ću mu reći? Moj očaj postaje alarmantan, sve su mi lađe potonule. Nije da se prijavio da bude moj ispovednik, osim toga on je Dominikov prijatelj, ne moj. Odustajući od te ideje posegla sam da ugasim lampu kada sam tužno pogledala u kutiju. Više me ni poruke nisu mogle držati. Tonula sam. Onda sam ugledala onu jednu belu. Izvukla sam je. I beo papir je brzo postajao mokar od mojih suza...

Da li si prolazna ili sudbina,
Da li si laž ili istina?
Osmehom tvojim privučen,
Na slatkoću tvoju navučen.
Tvoje su ruke stavile pred mene sreću,
Da sam znao šta je ljubav nikada ne bih rekao neću.
U jednom trenu sve sam izgubio,
Ali ljubav u sebi nisam ubio,
A to je ono najvrednije,
Što te podigne kada se osećaš i najbednije.

Ja znam vratiću se tebi,
Ja verujem odbila me ne bi.
Danas je dan kada će poslednja suza pasti,
Sutra je novi dan u kome će naša sreća rasti.
Osećam tvoj zagrljaj je blizu
I biće ih još mnogo u nizu.
Boriću se i kada grešim,
Tvojim se osmehom tada tešim.
On mi govori da ću ovaj put preći,
Korak po korak ka našoj sreći.

Završio je pesmu. Uspeo je! I posvetio je nama. Trenutno su se u meni smenjivale sve dugine boje i pre nego sam stigla da dobijem trku sa njima i postanem svesna svojih postupaka već sam imala na umu šta ću učiniti.

Nadam se samo da ću uspeti. Brzo sam birala broj.

— Luj? Eli je...

U pozadini se čuo žamor ljudi, bilo je očigledno da je u nekoj gužvi.

— Halo? Oprostite, nisam vas čuo, možete li ponoviti? — rekao je nakon što se očigledno negde malo povukao jer je sada bilo malo tiše.

— Eli je. Izvini što te zovem, ja samo...

— Eli?! U redu je, samo sam se iznenadio, nisam te očekivao. Jesi li dobro? Je li sve u redu? — pitao je sada zabrinuto.

— Hm... da, jesam... valjda. Hmm... kako je... kod vas? — setila sam se razloga zbog kojih se Dominik nije javljao pa nisam bila sigurna koliko smem reći.

— Dobro je. Nadam se da će uskoro biti još bolje — rekao je sa oklevanjem, krajnje neodređeno.

Opet sam ostala bez ikakve vredne utehe. Kao kada gladnom date čašu vode. Neće namiriti glad, ali će ga održavati u životu.

— Da li ti je potrebna neka pomoć?

— U stvari, da. Želim da dođem tamo — rekla sam kratko i otvoreno. — Osim toga, potrebna mi je tvoja pomoć oko još nečega.

Zaklela bih se da je bio šokiran mojom izjavom, ali se trudio ostati ležeran.

— Hm... slušaj, trenutno nisam u mogućnosti da govorim. Da li se možemo čuti kasnije? Večeras možda? Nazvaću te, obećajem.

Kao da je prosuo vodu na plamičak vatre koji se upalio u meni posle toliko vremena, na moje ubeđenje da donosim pravu odluku da odem u Njujork. Nisam uspela sakriti svoje razočaranje, ali nije mi ostalo ništa drugo nego da mu verujem i da se nadam da će održati svoje obećanje.

— U redu, čekaću tvoj poziv.

Veza se prekinula i ja sam se vratila svom mraku. Ipak, neću se pokolebati. Čvrsto sam rešila. Ukoliko se Luj ne javi, kada dođem u Njujork naći ću drugi način da pronađem Dominika. Na kraju, nazvaću njega. To bi pokvarilo iznenađenje koje imam na umu, istina, ali neću odustati.

U decembru ionako nije bilo toliko posla. Odmor od dve nedelje svima bi dobro došao, ne sećam se kada sam zadnji put dozvolila sebi predah od obaveza.

Novodonešena odluka pomogla mi je da pronađem san.

XXI

- Dominik -

Luj se kretao ka meni, vraćajući telefon u džep.

— Je li sve u redu? Udaljio si se brzinom svetlosti... strah me i da pomislim da bi nešto moglo krenuti po zlu.

Vrdao mi je pogledom okolo što me je dodatno zabrinulo. Luj je kao advokat bio vešt u prikrivanju i manipulaciji kada je potrebno da izvuče neku informaciju, ali ne i sa mnom. Poznavao sam ga dovoljno dobro i dugo da bih znao kada pokušava nešto sakriti od mene. Suzio sam oči ka njemu. Delovao je nervozno.

— Sve je u redu. Bio je to... neki privatni poziv, nema veze sa slučajem... rekao bih ti.

Podigao sam obrve ka njemu još čudnije ga gledajući.

— Privatni poziv? Koji sakrivaš od mene? Kada smo spustili naše prijateljstvo na taj nivo? Voleo bih da znam šta je razlog tome?

Sada se malo opustio i potapšao me po ramenu, smejući se.

— Ne lupaj gluposti! Naravno da ne krijem ništa od tebe, samo, sada nije ni vreme ni mesto za to. Ne želim te opterećivati niti ti odvraćati pažnju sa onoga što nam predstoji. Daj da dobijemo ovu bitku i proglasimo pobedu u ratu, a onda ćemo lako sa herojima.

Klimnuo sam glavom u odobrenju.

— Jesi li spreman?

Još jedno klimanje. Uputili smo se stepeništem u zgradu suda.

——

Iako smo imali premalo vremena, na brzinu smo pre dolaska pregledali materijal koji mi je majka donela. Kada znaš šta tražiš i to je bilo dovoljno. Nju sam radi bezbednosti, od gneva mog oca, ostavio u stanu. Nisam bio siguran kakvu reakciju mogu da očekujem od njega jednom kada iznesem sav njegov prljav veš na oči javnosti. Nisam imao ni najmanju grižu savesti zbog toga što ću ga uništiti. Pogotovo kada sam u njenim očima prepoznao očigledno olakšanje i zahvalnost što ću je zaštititi. Jedino za šta sam krivio sebe je što to nisam učinio i ranije. Što nisam znao.

Iako sam se nadao da će se danas sve završiti, znao sam da birokratija neće biti na mojoj strani i da će usled dostave novih dokaza biti zakazano novo ročište. Ipak, pobeda je bila blizu. Trebalo mi je samo još malo strpljenja. Sve što smo predali bilo je i više nego što je bilo potrebno da dokaže moju nevinost i obezbedi mi slobodu. Ali nisam ga štedeo. Želeo sam da plati za svu bol koju je godinama nanosio, mojoj majci manipulacijom, i meni zanemarivanjem. Uostalom, želeo sam pravdu. Kretanje okolo čoveka poput njega, koji nije imao empatije za sopstveno dete zarad zgrtanja besnosnog bogatsva kojim nikada neće biti zadovoljan, bilo je opasno. Davno je izgubio kompas, ako ga je ikada i imao i ne žalim ako je ovo lekcija koja će mu biti potrebna da dođe sebi. Bilo je mnogo kompromitujućeg materijala koji će mu zasigurno obezbediti neko vreme besplatnog boravka iza rešetaka gde mu je i mesto. Sudija je izdao nalog za njegovo privođenje.

Luj me je ostavio kući i nastavio svojim poslom. Nisam imao više šta uraditi nego sedeti i čekati da klupko krene da se razmotava. Skoro da sam i zaboravio da se ne vraćam u prazan stan kao i obično, kada me je sa vrata zapljusnuo miris hrane. Nesumnjivo, nešto se peklo u rerni. Trenutak me je odveo mislima kod Eli i probudio čežnju. Još samo malo, pomislio sam.

Zastavši na vratima kuhinje, prizor me je zbunio. Bio je to prvi put za sve ove godine da svoju majku vidim u kuhinji, sa varjačom u ruci. Ceo život sam je viđao sa čašom, pomislio sam tužno. Nisam čak ni znao da ume da kuva, uvek smo imali one koji su za to plaćeni. Toliko toga propuštenog. Toliko tuge se u trenu skupilo u meni, jer sam shvatio da smo potpuni stranci.

Trznula se kada je postala svesna mog prisustva i naglo se okrenula, a potom odahnula kada je videla da sam to ja. Još jedan ubod bola. Koliko je strah njome nadvladao.

— Ti si — rekla je duboko uzadhnuvši i stavljajući ruku na grudi, a potom mi se nasmešila.

— Nisam znao da ti kuvaš... — rekao sam želeći da pređem preko toga, da je ne pritiskam dodatno pitanjima o njenim reakcijama. Istina, plašio sam se i šta bih još mogao saznati. Iako sam znao da ću morati. Neću preći preko toga.

— Henri mi nikada nije dozvoljavao — rekla je spustivši glavu.

Mrzeo sam što ime tog čoveka nosim u svome imenu.

— Volela sam, to me je opuštalo — slegnula je ramenima, nastavljajući da meša nešto na šporetu.

Ćutao sam i gutao knedle. Puštao je da kaže koliko želi, onoliko koliko će joj biti potrebno da se oseti bolje. Bio sam bolno svestan činjenice da je za sve ove godine to prvi put da govori o tome.

— Govorio je da žena ne sme da smrdi na začine, već na čist sapun i parfem — okrenula se ka meni i pogledala me. Sarkastično se nasmejala uprkos tuzi koju je nosila u očima. — Bila mu je potrebna lutka za pokazivanje... pa sam to i postala. Zarad vlastitog mira, shvatila sam da sve svoje snove, želje i nadanja moram duboko da zakopam.

Sklopio sam oči pokušavajući da obuzdam svoj bes. Nisam mogao više da izdržim. Morao sam da znam. Jedva sam progovorio, grlo mi je bilo suvo.

— Je li... je li ikada bio nasilan?

Okrenula je glavu u stranu što mi je izazvalo još jedan nalet besa. Ima neopisivu sreću što će ga policija, nadam se, naći pre mene.

— Samo jednom. Jednom sam dobila hrabrosti da mu se suprotstavim, kada je bio toliko oduzet alkoholom, da sam poverovala da sam jača od njega. Ispostavilo se da je nekim čudom tada pod još većom snagom i samo sam pojačala njegov bes.

Zagrlio sam je i pustio da se isplače. Ali, za čudo, nije plakala. Samo se privila uz mene, toliko očigledno željna mog mirisa.

— Ne brini. Ja sam tu. A on više neće biti. Ne moraš se više bojati.

Šmrcnula je i udaljila se da me pogleda.

— Jesi li uspeo? Je li ono što sam ti donela bilo dovoljno?

Pogledao sam je sa osmehom.

— I više od toga. Vrlo brzo će se naći iza rešetaka, obećavam ti. To možda neće nadomestiti sve godine psihičkog maltretiranja koje si proživela, ali će ti makar jedna strana pravde biti zadovoljena.

— Ne žalim za sobom. Sama sam birala i pogrešila. Žao mi je što si se ti našao u sredini i što si na svojoj koži morao da osetiš njegovu surovost.

— Ne govori tako. Nemoj nikada kriviti sebe! Imala si prava da pogrešiš kao i svi ljudi. Ali jedan pogrešan izbor ne može biti kazna za ceo život. Da je bio normalan razišli biste se kao normalni ljudi kada ste shvatili da to nije ono čemu ste se nadali. Ali on je očigledno neka vrsta sociopate.

Klimnula je glavom da mi udovolji, ali video sam da i dalje nosi i uvek će nositi tu krivicu u sebi. Biće potrebno puno vremena i strpljenja da se nakon toliko godina vrati u normalno stanje svesti, ako ikada i bude mogla u potpunosti. Ali biću tu da joj pomognem.

Dok sam živeo sam nikada nisam sebi postavljao sto, uglavnom bih pojeo nešto napolju, a ako bih i ostao kući naručivao bih hranu i jeo je tako pored TV-a, nekada uz kuhinjski pult. Prvi put kada sam seo za sto u kući, kao deo jedne porodične slike, bio je za praznike koje sam nekada kao klinac provodio sa Lujem i njegovom porodicom. Tada je hrana međutim imala gorak ukus usled neisplakanih dečjih suza jer nikada nisam osetio takvu toplinu u svojoj kući. Uprkos raskoši sve je bilo sterilno i hladno.

Kao odrastao čovek, prvi put sam se našao u kući za trpezarijskim stolom sa Eli. Bio je to jedan od mnogih trenutaka koje sam prvi put podelio sa njom. Neminovno sam se setio toga dok sam sada sedao za sto sa svojom majkom. U jednu ruku srećan što konačno imam priliku da sa nekim svojim istinski uživam u obedu, a u drugu nostalgičan jer mi je sve više nedostajala.

— Šta nije u redu? — majka je pitala zabrinuto. — Da li ti se nešto od ovoga ne dopada?

Nasmešio sam joj se kako nisam ni znao da sam sposoban.

— Sve je u savršenom redu. I preukusno je. I srećan sam što delim sve to sa tobom. Samo sam pomislio da bi bilo lepo da je još neko ovde.

Pogledala me je sa pitanjima i radošću u očima.

— Neka devojka?

Klimnuo sam glavom.

— Pa zašto je ne pozoveš da nam se pridruži? Volela bih da je upoznam. Očigledno je da ti puno znači.

— Više nego što sam i mislio da znam. Verujem da bi i ona volela upoznati tebe, mogle biste deliti recepte jer je i ona sjajna kuvarica, i poslastičar. Ima svoju poslastičarnicu — govorio sam sa toliko ponosa kojeg ni sam nisam bio svestan do tog trenutka.

Majka se iskreno obradovala.

— Zaista? Sada sam još znatiželjnija. Pa, kada ću je upoznati? Oh... da li moje prisustvo ovde ometa vaše viđanje? Ne bih želela... — njena je nelagodnost postala toliko opipljiva da je bila spremna da istog trena ode, smatrajući da mi je na teretu.

— Ne. Ne. Stani. Naravno da ne, tvoje prisustvo ovde ništa ne menja. Niti će. Nemoj se osećati teretom. Molim te.

Još jedan pokazatelj da će biti jako teško ubediti je u to nakon godina koje je provela sa drugačijim ubeđenjima. Pokušao sam da budem strpljiv.

— Tvoje prisustvo ovde, sada i nadalje je za mene blagoslov. Zahvalan sam što si tu, zaista. I to ništa neće promeniti. Eli nije ovde iz drugog razloga. Ona je u Francuskoj. Otuda je. Živi i radi tamo. I ja sam bio tamo pre nego sam zbog ove situacije bio priuđen da se vratim nazad.

To je malo umirilo, ali je moja neskrivena čežnja rastužila.

— Volim lepe i neobične ljubavne priče. Hoćeš li mi pričati kako ste se upoznali?

Klimnuo sam glavom sa osmehom. I počeo...

Razgovor sa majkom se produžio do kasno u noć, nije nam bilo lako da nadoknađujemo propušteno. Bila je skoro ponoć kada sam se povukao na spavanje. U Francuskoj je sada zora, Eli se sprema za posao. Rešio sam da sačekam još malo dok ne bude krenula sa radom da bih je konačno nazvao. Makar da čujem njen glas i da joj saopštim sve novosti.

Pre nego sam se vratio ovamo, one noći, bio sam odlučan da ostanem u Mentonu. Razmišljao sam čak i da prodam svoj penthaus i nastanim se tamo ako sve bude išlo kako treba. Nisam imao nikakvog razloga da ostanem ovde niti me je šta vezivalo za ovo mesto. Ali sada se situacija potpuno promenila. Ne mogu da ostavim majku u ovom stanju. Ne kada sam godinama čeznuo za njenim zagrljajem. Još uvek smo potpuni stranci i želim to da promenim. A to neću moći ako sam miljama daleko. Niti bih znao gde i kako da je ostavim. Koliko god joj sve obezbedio, to nije ono što joj je potrebno. To je upravo ono što je ceo život imala a nikada nije bila srećna. Njoj je potrebna pažnja, osećaj da je nekome stalo do nje kao osobe. Znao sam to po sebi. Bili smo u istom problemu.

Isto tako, to je bilo potrebno i meni, kao i Eli. Nisam mogao ni nju da ostavim, ne kada sam konačno uz nju pronašao ono što mi je bilo potrebno ceo život.

Znam da će me ona razumeti kada joj budem objasnio, jer je i sama toliko privržena majci, ali to nije dovoljno. Razumeće, ali neće me imati kraj sebe, niti ja nju, pa šta će nam onda razumevanje doneti. Bio sam rastrzan. I neverovatno umoran. U želji da mi jutro donese rešenje, iako sam bio svestan da neće, sklopio sam oči i san me je savladao.

Nisam nazvao Eli.

Budila sam se više puta te noći, svaki put proveravajući telefon, da li je bilo poziva od Luja, mada ne verujem da ga ne bih čula, ali uzalud. Kada je došlo vreme da ustanem i krenem u novi dan osećala sam se pregaženo. Ali nisam imala luksuz da odustanem. Niti sam bila neko ko se lako predaje. Naročito kada verujem u nešto. A sada i verujem i želim. Pa, mogao bi se i univerzum malo potruditi da mi olakša, zar ne? Uzdahnula sam frustrirano i krenula ka poslastičarnici.

Negde oko podneva dok sam jednoj grupi gostiju predstavljala meni, Mari me je dozivala pokazujući na telefon. Srećom, već sam uzela porudžbinu i u trku ka telefonu je predala Mari. Stigla sam u zadnjem momentu da se javim.

— Luj! Hvala bogu! Već sam mislila da se nećeš javiti — rekla sam zadihano.

— Zar ti ličim na nekog takvog? Vidi, uvrediću se. Za ovaj ispad imaš kaznu u vidu lava kolača — rekao je uvredljivim tonom, na kraju se smešeći.

— Znaš za moj lava kolač? — pitala sam zbunjeno.

— Oh, dušo, zaboravljaš da sam Francuz. Poznajem za toliko našu kuhinju. I znam da je to jedan od najtežih za napraviti. Nemoj da te zavara moje odelo i kravata, ponekad izvučem nos iz papira i istražujem i druge stvari.

Nasmejala sam se.

— Naravno.

— Izvini što se nisam javio ranije. Dan je bio dovoljno lud i dok sam stigao vremenska razlika je već učinila svoje. Nisam te hteo zvati usred noći. Ali kao što vidiš, to mi je prvo na spisku ovog jutra. Kako ti mogu pomoći?

— Hoću da iznenadim Dominika i potrebna mi je tvoja pomoć. Naravno, ne trebam ti onda reći da ovaj razgovor ostaje između nas.

— Jasno kao dan! — nasmejao se. — Slušam te. Šta si imala na umu? Ako sam te dobro razumeo juče želela bi da dođeš ovamo?

— Da, tako je. Ako misliš da je u redu... mislim, s obzirom na situaciju...

— Oh, u redu je. Sada je sve OK.

Luj je zvučao nonšalantno, kao da se sve sredilo. Nije bilo njegovo da kaže ni moje da pitam njega, takvo nešto bi mi Dominik trebao reći, zar ne? Javio bi mi? Ipak, nisam sada želela da se bavim novonastalom sumnjom jer sam želela da budem istrajna u ovoj odluci i skoncentrišem se na to.

— Super. Predaću papire za privremeni boravak. Svakako neću ostati dugo. Javiću ti kada budem rezervisala let, ukoliko ti ne bude bio problem da mi pomogneš oko snalaženja? — pitala sam stidljivo, osećajući kako se namećem, ali nisam imala drugog izbora.

— Naravno, curo, sa zadovoljstvom! Samo javi, nemaš brige. Jedva čekam da vidim Domovu facu — nastavio je da se smeje.

— Ali, ima još nešto... nešto mnogo veće što sam imala na umu. Ne znam da li bi mi bio voljan u tome pomoći...

— Ako je u mojoj moći vrlo rado. Slušam te...

— Vidi, dok je bio ovde počeo je ponovo da piše, to verovatno već znaš. Potvrdio je.

— U kutiji koju si mi doneo, između ostalog, bila je njegova nova pesma, koju je završio.

— Zezaš me??! Vau, čoveče! Ne mogu da verujem da mi nije rekao da je uspeo! Nemaš pojma koliko mi je drago zbog njega. Plašio sam se da će sve ovo uništiti taj pomak koji je napravio, a veruj mi, ja najbolje znam koliko mu pisanje znači i koliko zbog toga postaje bolji čovek, jer samo tada ume da veruje u sebe.

— Znam. Zato sam i došla na ideju da te konsultujem u vezi ovoga. Znam da ti odlično sviraš gitaru.

Ponos u njegovom glasu bio je gotovo opipljiv, ali sam se ujela za jezik da se ne nasmejem. Ah, muškarci i ego, uvek ruku pod ruku.

— Pa, sviruckam pomalo, tu i tamo iz zabave... — loše je glumio skromnost.

— Ako ti pošaljem tekst, misliš li da ćeš moći za neko kratko vreme da smisliš neku melodiju za njega?

— Mogao bih da se potrudim, svakako. Sada, koliko će mi vremena trebati ne bih znao, ali, s obzirom na to da imam neverovatnu motivaciju, verujem da bi to pomoglo.

— Odlično. Bilo bi dobro ako bi uspeo pre nego ja dođem. Želela bih da makar amaterski obradimo pesmu i da je pred njim izvedemo. Možda nisam neki vrhunski pevač, ali nisam ni toliko loša, imam malo sluha — bio je moj red da se razmećem.

— Daaaa! Genijalno! Curo, najbolja si! Nemaš pojma koliko mi je drago da te je Dom pronašao. Biće mi neizmerno zadovoljstvo da učestvujem u tome. Baci se na papire za dolazak, a meni pusti tekst. Bićemo na vezi.

— Dogovoreno. I, Luj... mnogo ti hvala!

— Neću da te čujem! Hvala tebi. Čujemo se.

Prekinula sam vezu i odmah mu poslala sliku teksta. Ushićeno sam držala telefon na grudima grleći ga sa obe ruke, jer sam bila srećna kao dete. Radovala me je Lujeva saradnja, a još više činjenica da me je tako lepo prihvatio, i da misli da sam dobra za Dominika. Stajala sam tamo sama i smešila se, kada je telefon ponovo zazvonio. Nisam ni gledala ko je samo sam se javila ponovo.

— Genijalna je, zar ne? — pitala sam sa smeškom i prebacila telefon na rame držeći ga glavom jer sam rukama pomerala tepsiju sa kolačima. I umalo mi nije ispala iz ruku kada sam čula glas sa druge strane veze.

— Ko je to genijalan? — pitao je znatiželjno.

— Dominik?! Ne mogu da verujem! — ruke su mi se počele tresti i suze napunile oči. Moja reakcija bila je sve samo ne kontrolisana. Bila je apsolutno i potpuno nesputana i prirodna. Drhtala sam od njegovog glasa. — Kako si... jesi li... dobro? — jedva sam upitala. — Nazvao si. Da li to znači da je... gotovo?

Osetila sam osmeh pomešan sa nostalgijom u njegovom glasu.

— Dobro sam. Pa, koliko mogu da budem, ovako daleko.

Uvek je znao šta treba da kaže. Srce mi je i dalje treperilo od vibracije njegovog glasa.

— Nije još uvek potpuno gotovo, ali sam uspeo dokazati svoju nevinost. Postoji još formalnosti koje se moraju proći i koje zahtevaju vreme, ali pusti sada to. O tome ćemo kasnije. Sada želim čuti samo lepe stvari. Želim čuti tebe. Šta si radila dok nisam bio tu? Da li ti se dopao moj poklon?

— Prelep je! — jedva sam izgovorila kroz suze.

— Hej, nismo se tako dogovorili, čemu suze?

Slegnula sam ramenima, kao da me može videti.

— Nedostaješ mi — šmrcnula sam.

— I ti meni...

Tišina.

— Pada kiša. Nikada je nisam voleo. Ne do onog jutra kada sam je posmatrao sa tvog prozora. Sa tobom sam počeo da volim i kišu — nasmejao se.

— Da, pa ja sam sada mešavina kiše i sunca jer se smejem dok plačem — rekla sam.

— To je dobro. Znači da je duga blizu.

I jeste, pomislila sam. Naš se razgovor nastavio još malo pre nego sam morala da se vratim poslu. Na kraju dana sam žurila kući jer smo dogovorili video poziv. Bilo je neverovatno videti ga ponovo. Isto tako bolno ne moći ga dodirnuti, osetiti. Još malo, tešila sam sebe. I trebala mi je sva snaga da se ne izletim i kažem mu da ću uskoro biti tu. Pored njega. Naročito nakon što mi je ispričao sve što se desilo u međuvremenu oko njegovih roditelja.

———

Narednih nedelju dana žonglirala sam na relaciji posao-papiri-Dominik-Luj. I sve to sa vremenskom razlikom od šest sati, bila sam blago rečeno rastrzana.

Uspela sam da dobijem dozvolu za boravak u Americi, pa sam sada jurila rezervaciju leta, što je, ispostavilo se, u decembru pravi pakao. Luj i ja smo takođe komunicirali preko video poziva kako bismo se usaglasili i probali, da bismo pripremili iznenađenje onako kako smo zamislili. I sve to trebalo je sakriti od Dominika a ja sam bila užasna u laganju i prikrivanju pa je postao sumnjičav. I to sam jasno videla po njegovom raspoloženju.

Uhvaćen u koštac sa problemima oko svoje porodice, nije mu bila potrebna dodatna sumnja na mom polju, ali sam bila svesna da sam je stvarala. Kako nisam umela da odglumim, plašeći se da ću se izleteti, uglavnom sam naše razgovore svodila na sve kraće, uz sve gluplje izgovore. Dobro me je i podnosio, ako ćemo iskreno.

Bila mu je potrebna moja podrška i razumevanje i imao ih je, ali nisam to pokazivala na način na koji je trebalo i toga sam bila svesna. Molila sam se da će i on razumeti kada jednom vidi da sam tu, i da će pre svega imati strpljenja do tada. Na sreću, let mi je bio za dva dana i uspela sam da sve sredim sa Lujem. Trebalo je samo da stignem.

XXIII

- Dominik -

Počeo sam da gubim strpljenje. Sve se odvijalo sporo. Sudski proces, majčin strah, na kraju i sama činjenica da, iako sam dokazao svoju slobodu, moja ulaganja su svakako propala. Morao sam da razmišljam o svojoj budućnosti, pri tom imajući na umu i Eli i svoju majku. Nisam nalazio rešenja. Samo sam bivao sve nervozniji.

Jedva sam dočekao da ponovo čujem Eli, ona me je smirivala, ali u zadnjih par dana je i ona postala čudna. Da li je mogu kriviti ako odustane? Ne. Koliko god joj pričao o ljubavi nisam joj nikada ništa konkretno ponudio. Nikakav plan. Jer ga nisam ni imao. I to me je izjedalo. Vrteo sam se ukrug i grizao sam sebe za rep. Očekivao sam njenu podršku i razumevanje, ali sam osećao kao da mi klize iz ruku. Morao sam da izađem iz kuće, da se izduvam. Bilo bi lepo i kada bih mogao pobeći od svega.

Luj me je pronašao u našem baru kada sam bio na trećem viskiju.

— Lepo od tebe što si pozvao! — rekao je sedajući pored mene i davajući konobaru znak da mu posluži isto.

Kada mu je primakao čašu, odgurnuo sam svoju kako bi mi dolio novu.

— Polakooo... pokušavaš da se napiješ?

— Možda je to jedino što mi je preostalo.

— To nikada nije bilo rešenje i to znaš odlično. Navući ćeš samo još i glavobolju.

Frknuo sam i uhvatio se rukom za slepoočnice.

— Da, ovako je nemam. Kako si me pronašao?

— Svratio sam do tebe. Tvoja majka mi je rekla da si izašao i nije bilo teško pretpostaviti gde ću te naći.

Sažaljivo sam klimnuo glavom.

— Pa, uskoro ni to neću moći da priuštim sebi ukoliko ne nađem neko rešenje.

— Nije baš da si ostao na ulici kraj kontejnera, ali mogu te razumeti. Sigurno nije lako izgubiti toliki novac — uzdahnuo je sa razumevanjem. — Ali, nisi sam. Znaš to, zar ne? Ja sam tu, naći ćemo rešenje. Uvek jesmo.

— Nije samo novac u pitanju. OK, radio sam za to mnogo godina, ali kada pogledam svog oca i šta je novac od njega napravio... ne bih se menjao. Bogu hvala, nisam nasledio njegovu pohlepu, ali imam sada mnogo veće odgovornosti nego ranije. Bilo bi mi mnogo lakše da sam sam. U materijalnom smislu, mislim. Ali, majci će očigledno biti potrebna neka vrsta terapije kako bi mogla normalno da funkcioniše. Trza se na svaki moj pokret, Luj! Pita me i da li sme da izađe na balkon. Taj čovek joj je uništio psihu! A ja nisam bio tu da to sprečim.

Luj me je gledao saosećajno i stavio ruku na rame.

— Znam, ortak, teško je. Ali nemoj sebe kriviti, nisi mogao ništa.

— Mogao sam. Mogao sam da mu se suprotstavim ranije, da budem više prisutan, da ne bežim. Možda bi shvatio.

Luj je odmahivao glavom.

— Znaš da smo uvek govorili da se i loše stvari dešavaju s razlogom. Vidi, da si to učinio ranije možda ne bi nikada otišao u Francusku i ne bi upoznao Eli...

Frknuo sam još više na pomen Eli i zabio glavu u ruke ispružene na šanku.

— Šta se desilo? — pitao je zabrinuto. — Nećeš mi valjda reći da si odustao od Eli, jer u to neću poverovati.

— Mislim da je ona ta koja je odustala. Naši razgovori pretodnih dana... bili smo tako udaljeni, ne samo fizički. Kao da je jedva čekala da svaki što pre završi. Mogu li je kriviti ako sam joj dosadio svojom kuknjavom? Naravno da ne.

— Mmmm, ne bih tako lako donosio zaključke. Daj malo vremena. Sebi. Sve te je stislo odjednom. Sačekaj. Ne brzaj.

Odmahivao sam glavom.

Vreme je samo prolazilo, čineći naš jaz sve većim. A ja nisam imao ni ideju kako da tu rupu koja se pravila među nama zašijem. Šta sam onda mogao da očekujem?

Kada sam došao kući, alkohol je već uveliko vladao mojim umom i telom. Nazvao sam je. Telefon joj je bio ugašen. Uključivala se govorna pošta. Nikada nije gasila telefon. Možda je sve već i gore nego što sam mislio. Možda je neko novi ušetao u njen život i zauzeo moje mesto pod tim drvetom i u njenom srcu.

Sa tim sam mislima dotakao jastuk osećajući se dovoljno beživotno da bilo šta sa sebe skinem. Samo sam se komirao.

XXIV

Posmatrala sam sa prozora čuveni Central park. Nisam mogla da verujem da sam konačno tu. U Njujorku. Koliko god da mi je bila želja da dođem u ovaj grad, sada se sve to sklonilo u stranu i dalo primat razlogu mog boravka ovde. Dominiku. Bila sam neverovatno ushićena što ću uskoro moći da ga zagrlim. I sve što sam mogla da osećam svodilo se na to.

Luj me je sačekao na aerodromu kako smo se i dogovorili. Još uvek smo uspevali da sve zadržimo u tajnosti. Ostavio me je u hotelu da se odmorim i pripremim za večeras, usput mi objašnjavajući pojedinosti.

— Poznajem vlasnika bara u kome volimo da odsedamo. Zamolio sam ga da mi večeras ostavi praznim deo koji je van očiju javnosti. Pozvao sam i našu prijateljicu, Majdu. Biće tu sa svojim suprugom, a biće tu i moja devojka Lusi. Sve sam im rekao i oduševljeno su prihvatili učešće u ovome. Svi jako volimo Dominika i nadamo se da će ga ovo podići. Potrebno mu je da zna da je voljen i da ima podršku, a ovo će biti najbolji način da mu to i pokažemo. Spremna si, je l' da? — pitao je držeći ruke na mojim ramenima ohrabrujući me.

Klimnula sam glavom.

— Lusi i ja ćemo doći po tebe oko sedam, Majda će se pobrinuti za to da ga izvede iz kuće i dovede tamo. Biće tamo oko devet, tako da imamo dovoljno vremena za sve pripreme.

— Luj, hvala ti još jednom. Ne znam kako da ti se odužim.

Nasmejao se.

— To smo već raspravili, curo, lava kolačem.

Nasmejali smo se oboje.

— Samo ostani takva i nastavi da ga voliš tako lepo, to će biti više nego dovoljno.

Bila sam spremna još u šest i nervozno koračala gore-dole, pogledala kroz prozor kao da ću ga videti negde na ulici. Smešna si, Eli, govorila sam sebi. Ruke su mi se znojile od treme. Nadam se da će sve proći kako treba i da nisam zakasnila.

Nešto pre sedam, Luj se pojavio sa svojom devojkom, Lusi. Bila je neverovatno draga i prirodna devojka. Iskreno, nisam to očekivala u gradu kao što je Njujork, ali je trebalo da verujem u Lujev odabir. Ništa drugo uz njega ne bi išlo. Ponašala se prema meni kao da se oduvek znamo i to mi je mnogo značilo. Pokušavala je da me opusti i otera tremu koja je pretila da me potopi.

Kazaljke su se sklopile na satu, petnaest do devet. Srce mi je sve brže kucalo.

— Vreme je da se smestimo. Spremna? — pitao je Luj, uzimajući gitaru.

— Spremna! — rekla sam odlučno i sledila ga ka improvizovanom podijumu sa dve stolice.

Zauzeli smo svoja mesta i duboko sam udahnula sklopivši oči na tren.

— Biće sve OK — namignuo mi je Luj dok je štimovao gitaru.

XXV

Neko je uporno zvonio na vratima i pojačavao moju glavobolju koja me je mučila čitav dan. Dan koji je i mimo toga bio grozan. Mamurluk od prethodne noći me je polako uvodio u depresivno stanje. Namršten do bola besno sam otvorio vrata, usput videvši majku kako se trza na zvuk zvona.

— Majda? Šta ti radiš ovde?

— Zdravo zgodni. Imam slobodno veče posle ne znam koliko vremena i rešila sam da ga provedem sa starim društvom.

Izlazak mi se trenutno činio ravnim samoubistvu, pa sam odmahnuo glavom.

— Drago mi je zbog tebe i nadam se da ćeš maksimalno iskoristiti svoju slobodu, ali na mene ne računaj. Ne večeras. Žao mi je.

— Valjda ti je za sve ove godine postalo jasno da ja ne prihvatam „ne" kao odgovor.

— Veruj mi da ću ti napraviti presedan, žao mi je što ću ti poremetiti ravnotežu, ali ne postoji dovoljno jak argument koji bi me sada izvukao van.

Pola sata kasnije, bio sam u kolima sa Majdom. Gunđao sam na prednjem sedištu dok se ona smejala mom mrgođenju.

— Hajde, opusti se, nećeš se pokajati, obećavam ti.

— Oh, ali ti hoćeš, kada shvatiš da si povela čoveka koji svojim raspoloženjem tera na suicid.

Ponovo se samouvereno i tajanstveno nasmejala odmahujući glavom.

Mučnina je krenula ponovo da se diže kada je parkirala ispred bara u kome sam noć pre zaglavio. A žamor ljudi koji je dopirao iznutra mi je samo pojačao glavobolju na šta sam burno odreagovao psovajući. Majda je prišla i uhvatila me pod ruku.

— Ne brini, Luj nam je ostavio separe iza, neće biti buke.

Klimnuo sam glavom i nevoljno pošao držeći korak sa njom.

Kada smo ušli unutra bio je potpuni mrak. Samo je jedna neonka sa strane par stepenika niz koje smo morali sići davala znak kuda se krećemo.

— A Luj je zaboravio da upali svetlo ili šta? — promumlao sam dok sam gledao da ne sapletem i sebe i nju.

Tada se upalilo još svetala sa strane, ali i dalje nisam video nikoga. Tek tada Lusi i Marka, Majdinog muža, u separeu. Pozdravili smo se i Majda se spustila odmah dole pored njega. Izljubio sam Lusi i ponovo se okrenuo okolo. Vladala je tišina i, iako sam bio svestan još nečijeg prisustva, nisam video više nikoga.

— Je li ovo sastanak masona pa smo se okupili ovde u ovom mraku i tišini? — progunđao sam.

Tada sam začuo prvi akord. Dolazio mi je s leđa, ali nisam se još uvek okrenuo. Bila je to, nepogrešivo, Lujeva gitara. Nakon par sekundi zvuka krenule su reči...

Da li si prolazna ili sudbina,
Da li si laž ili istina...

Nisam mogao da verujem svojim ušima. Te reči... taj glas... u momentu kada sam se naglo okrenuo svetlo se upalilo i nakon trenutnog šoka od svetlosti, jasno sam video sliku. Eli. Eli je bila tu i pevala moju pesmu. Pesmu koju sam napisao za nju. Za nas. Nisam mogao da verujem. Krišom sam štipao sebe, ne bih li se uverio da ne sanjam ili ne daj bože haluciniram od mamurluka koji me je još uvek držao.

Stajao sam tamo kao u nekom paralelnom univerzumu. Sve oko mene je nestalo. Samo me je njen glas vodio. Reči koje sam pisao. Nikada nisu izgledale tako stvarno, tako iskreno. Osetio sam svaki takt, svaku reč, svako slovo. I pre nego sam bio svestan, plakao sam. Samo sam stajao tamo i plakao. Tiho, suze su nalazile svoj put. Nisam mogao reći zašto, ali nikada se nisam tako osetio kao u tom trenutku. U meni je bio pravi rolerkoster emocija.

Ja znam vratiću se tebi,
Ja znam odbio me ne bi...

Pevala je i gledala me pravo u oči puštajući svoje suze van, smešeći mi se. Samo sam stajao tamo nepomično i sam se smešeći kroz suze.

Korak po korak ka našoj sreći...

Završila je. Luj je prvi aplaudirao, a onda su ga ostali pratili. Eli se zahvalila svima, a ja sam uhvatio sebe kako i sam aplaudiram. Ustala je i došla do mene.

— Mislila sam da bi je mogao nazvati *Duga*. Znaš, kao sunce posle kiše, kao suze i smeh — rekla mi je sa osmehom.

Klimao sam glavom jer nisam bio sposoban za više. Čvrsto sam je primio u zagrljaj i pokušavao da upijem taj miris koji mi je toliko nedostajao. Da uverim sebe da je stvarna. Da je tu. Povukao sam se unazad da je još jednom pogledam pa opet zagrlio.

— Ne mogu da verujem da si tu.

— Žao mi je što sam te pustila da poveruješ da bi moglo biti drugačije, ali moralo je da bude efektno. Dovoljno da uvidiš koliko ljudi imaš iza sebe i sa kojom jačinom.

Klimnuo sam glavom i ponovo se nasmejao ne verujući. Grleći je oko ramena i posesivno držeći uz sebe okrenuo sam se ostalima vrteći glavom u neverici.

— Hvala vam društvo, zaista nemam reči... a sada, želim da čujem sve o ovome!

XXVI

- Dominik -

Nisam hteo ni da čujem da Eli ostane u hotelu. Nakon što smo napustili društvo, otišli smo po njene stvari i doveo sam je kod sebe. Suviše vremena sam proveo daleko od nje da bih je pustio sada kada mi je tu pred očima. I dalje nisam mogao da verujem. Samo njeno pojavljivanje već je bilo dovoljno nestvarno, ali gest koji je napravila... Da me nije bilo sramota, još bih plakao. Mislim da su se sve emocije u meni do dna duše uzburkale.

Nekada se čovek zaboravi. Pod pritiskom raznih problema počne da sažaljeva sebe, ne vidi izlaz, traži svetlo na kraju tunela koje ne nalazi, tumara okolo ni sam ne znajući gde, nesvesno se povlači i počne da sažaljeva sebe. A onda se desi nešto ovakvo i shvatiš da postoje ljudi oko tebe kojima je stalo do tebe. Koji će uraditi nešto za tvoj osmeh. Blagosloven sam takvim prijateljima, i sada sa Eli. Nisam to tako olako trebao zanemariti. Niko od njih nema čarobni štapić koji bi rešio moje probleme. Stoga ne mogu da se ponašam kao da su mi svi krivi. Rade najbolje što mogu. Nisam prepoznao njihovu tihu podršku i razumevanje. Da li sam ja njihove probleme rešavao? Nisam. Ali sam bio tu, da saslušam, da pomognem ako mogu, ali svako svoj teret nosi.

Život će uvek pred vas stavljati prepreke, nekada manje, nekada veće, ali vaše je da ih pređete, jer on vas neće čekati dok se samosažaljevate. Jednako kao prepreke, stavljaće pred vas i šanse, vaše je da ih prepoznate i prihvatite. Onda će sve biti mnogo lakše.

Kao Elini kolači. Ako bi trebala napraviti kolač za koji nema sve potrebne sastojke, mora uzeti ono čime raspolaže. A onda dobije neke druge koji nisu predviđeni za taj recept, ali ih može iskoristiti. Njeno je da li će to i uraditi. Na kraju, možda sve ispadne mnogo bolje nego što je trebalo biti. Bolje nego što je neko pre nje zapisao da treba. I na samom vrhu... prstohvat sreće koju svako od nas nosi u sebi. Samo je mora prepoznati.

Novo sam jutro dočekao sa Eli u naručju i to je bilo dovoljno da se nasmejem. Da dobijem osećaj da će sve doći na svoje mesto. Kada, kako i gde i dalje nisam imao pojma. Ali sam verovao da hoće.

— Dobro jutro... — rekla je protežući se pored mene sanjiva.

— Zaista je dobro — uzvratio sam sa osmehom.

Ubrzo smo se pridružili majci u kuhinji. Eli je bila upućena u celu situaciju i njeno ponašanje me je još jednom kupilo. Tačno je znala kako da se ophodi prema njoj. I činila je to sa takvom lakoćom da sam se istovremeno i postideo jer ja to nisam umeo. Shvatio sam da sam u stvari od Eli naučio i da volim. Nesvesno me je vodila putem na kojem sam nalazio sve ono što mi je nedostajalo. Kao da sam bio izgubljen u nekoj pustinji vrteći se ukrug, a onda me ona uzela za ruku i povela u najlepši zeleni voćnjak, puštajući me pri tom da biram plodove sa drveća pred nama i na taj način utolim svoju glad, jednu po jednu. Sve dok ne budem potpuno sit. Nasmejao sam se prizoru pred sobom.

Eli se pridružila majci u kuhinji kako bi joj pomogla oko doručka. Kao što sam i pretpostavio, odlično su kliknule. I majka se opuštala uz nju. Da li sam ikada zamišljao kako će se moja majka i žena slagati? Nikada. Sa svojom se majkom ni ja nisam slagao, a o ženi nisam ni razmišljao. Ipak, evo me sada, ovde svedočim nestvarnom prizoru.

Samo malo, namrštio sam se i podigao u uspravan položaj sa kuhinjskog stuba na koji sam bio naslonjen. Vratio se ponovo na svoje pređašnje misli. Jesam li ja to pomislio žena, kao žena, supruga... podsvest me je prestigla i ovog puta očigledno. No, jedno je sigurno, ako bih se ikada ženio, ne bih mogao zamisliti drugu ženu pored sebe osim Eli.

Do tada, činilo se, potpuno nesvesne mog prisustva, okrenule su se ka meni pozivajući me da se primaknem stolu.

— Oprostite, zamislio sam se.

— To je normalno, toliko je tereta na tebi ovih dana — majka je rekla tiho i zabrinuto.

Utešno sam joj se osmehnuo.

— Dobro sam — pogled sam prebacio na Eli. — Sada bolje nego ikada. Uzvratila mi je osmehom.

— Suđenje je prekosutra? — pitala je spuštene glave.

— Da, nadam se da će se konačno ta noćna mora završiti.

— Želela bih da idem sa tobom.

— Ne, mama. To bi te samo dodatno uzrujalo, nema potrebe da se srećeš sa njim. Verujem da neće biti ni malo prijatno. A, iskren da budem, ni sam ne znam kako ću obuzdati svoj bes. Ukoliko bi ti nekako prebacio...

Eli me je sa druge strane stisnula za ruku kao znak podrške pa sam zastao.

— Moram to da učinim. Jednom ću morati da stanem pred njega i bolje pre nego kasnije. Uostalom, sada imam tebe uz sebe, to mi daje snagu. Moram videti svojim očima da je kažnjen, i da više neće moći nikome da naudi svojim ponašanjem. Ovako... kada samo slušam o tome imam utisak da je i dalje tu negde, okolo, i da će mi svakog trenutka nešto reći, da ću se probuditi i shvatiti da je sve ovo samo san. Da sam i dalje njegov... na neki način zarobljenik.

Iako se nisam slagao sa time, mogao sam da razumem da bi joj ta konačnost možda pružila mir koji joj je preko potreban za oporavak.

— U redu — složio sam se na kraju i klimnuo glavom.

Očito sa olakšanjem jer sam pristao, preusmerila je pozornost na Eli.

— Koliko dugo ostaješ?

Pitanje koje sam se sam plašio da postavim. Želeo sam da živim u trenutku, sada, ovde. Barem na tren. Znao sam da ima obaveze, da je ostavila kafe praznim i da će uskoro morati nazad. Nadao sam se, međutim, da ću do tada imati dovoljno vremena da nađem rešenje za budućnost svih nas.

— Najviše dve nedelje — rekla je blago se osmehnuvši.

Sklopio sam oči na tren. Premalo. Istina, i da je rekla dve godine u ovom trenutku bilo bi mi premalo.

——

Očekivano, suđenje je bilo napeto. Koliko god da sam bio spreman na sve to, nisam mogao ostati imun. Moj je otac konačno i javno pokazao svoje pravo lice. Bog mi je svedok da su me jedino majčino prisustvo i Lujeve molbe zaustavile da ne nasrnem na njega nakon što joj je sasuo salvu uvreda. Na one koje su meni bile upućene sam odavno oguglao. Držala se sasvim staloženo i dostojanstveno, na čemu sam joj bio neizmerno zahvalan, ali se, naravno, slomila čim je nestala iz njegovog vidokruga. Možda joj je ipak, sve to bilo potrebno. Suočavanje sa strahom, prihvatanje istine, konačnosti.

Imao sam tačno nula empatije prema njemu. Čak i kada su ga proglasili krivim po mnogim tačkama i izrekli mu kaznu zatvora u trajanju od deset godina. U međuvremenu je isplivalo još mnogo stvari o njemu, da će se ta kazna možda i povećati ako budu naknadno podnete tužbe pojedinaca.

Čak ni kada su ga odveli sa lisicama na rukama, nisam osećao nikakav vid tuge, ni žaljenja. Samo olakšanje. Jesam li zbog toga loš čovek? Zar ne bi roditelje i decu trebalo bezuslovno voleti, kakvi god da su? Ipak, nisam mogao osetiti ništa prema njemu. Ali nisam mogao ni da se ne zapitam, da li je to zato što se sam za to davno pobrinuo svojim vaspitanjem ili je to posledica nekog njegovog gena u meni? To je ono što me je više zabrinulo.

Svi su polako napuštali sudnicu dok sam ja sedeo tako sa svojim mislima potpuno odsutan. Nisam čak pokazao ni radost kada sam oslobođen po svim tačkama optužnice. Sedeo sam i zurio u prazno. Luj je izveo moju majku, shvativši da mi je potrebno neko vreme da se priberem.

Gde sam sada? Nemam novac koji sam imao, pokrio sam gubitke i sve što mi je ostalo je penthaus i automobil. I da ih prodam, ne bi bilo dovoljno za život u ovom gradu na koji sam navikao a naročito ne za odgovornost koju sada imam prema majci i... kakvu bih budućnost mogao ponuditi Eli? Moraću da nađem neki posao. Ukoliko sve ovo nije uticalo na moju reputaciju. Ne znam koliko bi njih bilo spremno da me prihvati. Iako vrhunski stručnjak berze, obeležen sam očevim manipulacijama, da se ni sam kao poslodavac ne bih usudio da poverujem da ja nemam nikakve veze sa tim. Nikoga ne mogu kriviti za sumnjičavost. Možda ću morati da krenem sa nečim potpuno drugačijim. U svakom slučaju, moji će snovi biti ponovo stavljeni na pauzu.

- Dominik -

Naredne sam dane iskoristio da ugodim Eli, a na taj način i sebi, jer me je jedino njen osmeh držao u životu. Oluja je prošla, sve se stišalo i odisalo mirom, makar i prividnim. Ispod nas su i dalje tinjala neizgovorena pitanja i još manje poznati odgovori. Znao sam da moja nova materijalna situacija neće promeniti Eline osećaje, ali se nisam osećao isto kao muškarac. Nisam imao sigurnost i to je bio udar na moj ego.

Ipak, držao sam to u sebi i potrudio se da Elin boravak ovde učinim ne samo prijatnim nego nezaboravnim. Njujork je grad koji je oduvek želela da poseti i zato sam se potrudio da je za vreme dok je tu provedem gde god sam mogao.

Opšte je poznato da, kada je nešto lepo, kratko traje. Dani koje sam provodio bez Eli trajali su kao godine, ovi u kojima je bila tu prolazili su brže od sekunde. I već je došlo vreme za njen povratak. Božićni praznici su se približili i ona se morala vratiti. Već je imala rezervisan let za Marselj, kako bi ih provela sa majkom. Nisam mogao da tražim da ostane. A isto tako nisam joj mogao ni ponuditi nikakav datum kada ćemo se ponovo videti. Niti je ona pitala. Sve je ostalo u vazduhu, neizrečeno. Rastanak je već bio dovoljno težak da je taj dodatni nevidljivi teret samo pogoršavao stvari. Oprostili smo se bez zbogom.

Vratio sam se kući potpuno skrhan i nemoćan za bilo kakav razgovor pa sam se samo zatvorio u svoju sobu. Interesantno, ali od svega toga ispala je još jedna pesma. Uspeo sam da svu svoju frustraciju izbacim na papir. Bes usled nemoći mogao se osetiti u svakom redu i između njih. Naredna dva dana bio sam poput biljke. Premalo spavao, prevrtao hranu po tanjiru i odsutno lutao hodnicima u mojoj glavi. Bila je ovo prva prava Božićna večera koju sam trebao provesti sa svojom majkom i želeo sam da, za razliku od nekih davnih, prođe mnogo lepše, ali nisam uspeo da se sastavim.

— Nisi srećan — na kraju je tiho rekla uhvativši me za ruku zabrinuto.

Poslednje što mi je trebalo je da njoj natovarim osećaj krivice, pa sam pokušao da se izvučem, bezuspešno.

Odmahivala je glavom.

— Možda nisam to pokazivala, ali meni je tvoja sreća najbitnija. Zato sam se i usudila da uradim sve što jesam. Moja se hrabrost konačno prikupila jer je bila potkrepljena mišlju da ću te osloboditi, da ćeš ti biti srećan. Nema ničeg važnijeg za majku od sreće njenog deteta.

— Mama, biću dobro. Samo mi je potrebno malo vremena da se sve slegne.

Odmahivala je glavom.

— Voliš tu devojku.

To nije bilo pitanje. To je bila izjava kojoj nisam mogao da protivurečim. Klimnuo sam glavom.

— Ipak, ljubav ne može pobediti život. Nije baš kao u knjigama i filmovima — nasmejao sam se sebi. — Gde je ona, gde sam ja... svako ima svoje obaveze i prioritete.

Zamišljeno je gledala negde ispred sebe.

— Volela sam tvog oca. Zaista jesam. U početku. Verovatno me je ta ljubav toliko oslepela da nisam videla sve ono što se krije ispod površine. Ili možda jesam, ali nisam želela to da priznam i prihvatim, plašeći se da ga ne izgubim, a on je to prepoznao i vešto koristio. Bog mi je svedok, volela sam ga — pogledala me je u oči. — Ali nikada ga nisam gledala tako kako ona gleda tebe. Niti sam ikada videla toliko emocija u tvojim očima kao kada si govorio o njoj. Vama je mesto jednom uz drugo. Nagledala sam se mnogih parova za sve ove godine. Tvoj me je otac vodao po svim tim zabavama kao majmuna… nijedan od njih nije imao tu bliskost ni iskru među sobom. Vi razgovarate očima. A to nije nešto što ćeš naći svaki dan.

— Znam — bolno i tiho sam izgovorio.

— Šta te onda sprečava?

Ti, pomislio sam, ali nisam smeo to da izgovorim. Ne bih smeo da joj probudim osećaj krivice. Ali nisam ni imao odgovor. Samo sam je ćutke gledao.

— Idi za njom!

— Ne mogu te ostaviti ovde samu — na kraju sam rekao i odmah se pokajao jer mi je njeno smrknuto lice već reklo da sam pogrešio i izazvao upravo ono što nisam želeo, osećaj tereta i krivice.

Pre nego sam stigao da nađem reči da se iskupim, iznenadila me je.

— Onda ću i ja poći sa tobom.

Nisam mogao da verujem šta sam upravo čuo.

— Nemoj me krivo shvatiti, ne želim vam biti dodatni teret ni opterećenje, ali ako je to ono što te koči biću ti u blizini. Bog mi je svedok da bih to najviše i volela. Ali sam svesna da imaš svoj život. Ja… ne želim da sedim u kući i plačem nad svojim lošim izborima u životu. Želela bih da se osećam korisnom. I svakako sam htela o tome sa tobom razgovarati. Volela bih da radim nešto, mada me je Henri toliko sputavao da nikada u životu nisam ništa radila i ne znam odakle bih počela. Nisam ni za šta kvalifikovana. Ali poslednje što želim i što mi je potrebno je da sedim u kući i čekam da ti doneseš sve. Ne želim više da budem lutka čije konce pomera neko drugi. Želim da živim. Da osećam. Da budem korisna. Ja ovde nemam nikoga sem tebe. Nemam prijatelje, sve su to samo ljudi jednako nesrećni kao i ja koji se predstavljaju da su nešto što nisu zarad skupljanja tuđe zavisti. Ne želim to za sebe. Naprotiv, želim da se sklonim odatle. Da zaboravim sve. Mislim da bi mi promena okruženja i te kako godila — na kraju je rekla sa osmehom gledajući me.

Nisam mogao da progovorim, gledao sam je očima punim suza a onda mi je klimnula glavom u odobrenju. Kao potvrdu da uradim to.

———

Razmislio sam o majčinim rečima i shvatio da je u pravu. Ujedno, dala mi je najbolje moguće rešenje u ovom trenutku. Nisam se ni malo dvoumio. Već sutradan sam se našao sa Lujem.

— Jesi li siguran?

Klimnuo sam glavom.

— Apsolutno. Stavi ga na prodaju.

— Hoćeš da prvo potražimo nešto manje? Pretpostavljam da ti je to cilj, da bi imao početni kapital.

Ponovo klimanje glavom.

— Da. I za to mi trebaš više nego za prodaju. Pomozi mi da nađemo nešto... ali u Mentonu — rekao sam sa osmehom.

— Šališ se, je l' da? — pitao me je nepoverljivo.

Odmahivao sam glavom i dalje se smejući.

— Ni najmanje! Nešto što će biti dovoljno veliko barem za dve osobe, jer i majka ide sa mnom. A svakako da ima gde da ostane, jer ako sve bude išlo po planu ja ću uskoro živeti sa Eli.

— Vau, čoveče! Ovo svakako nisam očekivao! — Luj nije skrivao svoje iznenađenje. — Gledaj, moj stan ti je i dalje na raspolaganju.

— Znam i hvala ti, ali ne. Ovo neće biti privremeno. Uostalom, znam da ću ti nedostajati i moraćeš da dolaziš češće... gde bi inače odsedao? — rekao sam sa osmehom.

— Naravno da ćeš mi nedostajati čoveče... — sada se uozbiljio.

— I ti meni, druže — zagrlio sam ga i potapšao po ramenu.

— Ali mi je jako drago da si našao svoj put. Verujem da je Eli oduševljena.

— Eli ne zna... još uvek za moje planove. I neće saznati dok ne budem tamo. Vratiću joj iznenađenje.

- Eli -

Provela sam Božićne i novogodišnje praznike kod mame u Marselju. Bilo mi je drago da provedem vreme sa njom, ali praznici mi ni ranije nisu bili dragi. Ne znam zašto, ali uvek su mi prizivali neku tugu i melanholiju. Možda jer su me podsećali na to da nam porodica nije potpuna. Možda jer sam uvek imala utisak da moja mama nije potpuna i da koliko god se smejala i trudila da ne pokaže duboko u sebi tada joj je moj otac nedostajao najviše. Osećala sam to. A sada sam i znala. Čežnja za Dominikom se samo povećavala u tim danima i tuga što nije kraj mene me je obuzimala sve više. Bili smo svakodnevno na vezi, ali to jednostavno nije bilo dovoljno. Nedostajao mi je njegov zagrljaj, osećaj sigurnosti, iskreni osmeh. Dosadilo mi je više i da se smejem na silu. Nisam videla smisao ni u čemu, a ni razloga za prekid. Samo sam se vrtela ukrug.

Dani provedeni u Njujorku bili su mi jedina uteha za naredni period za koji i ne znam koliko će trajati jer Dominik nije rekao kada će i da li će ponovo doći u Menton. Isto tako, nije rekao ni ostani. Niti sam ga ja mogla to pitati znajući da ima toliko stvari koje mora da reši. Jedino što mi je ostalo je nada.

Jedva sam čekala da prođu praznici i ponovo krenem sa radom. To me je održavalo na površini. Fokus na poslu, stvaranje kroz kolače, usmerila bih energiju na to i bilo mi je lakše. Onda bi me iscrpljenost dotukla i mogla bih da spavam. I tako iz dana u dan. Isto si radila i pre nego se Dominik pojavio u tvom životu, podsećala sam sebe. I bila si zadovoljna.

Bio je 15. januar. Već je padao prvi mrak kada je Mari dotrčala do mene i pozvala me da izađem. Napolju nije bilo nikoga.

— Mislim da se nešto čulo iza lokala, tamo na tvom mestu, ali se bojim da pogledam sama — pokazivala mi je prstom ka klupi na kojoj bih sedela, a koja je bila okružena raznim rastinjem pa se iz tog ugla nije dobro ni videlo.

— Ostani tu — gurnula sam je iza sebe. — Ja ću pogledati. Sigurno je neka mačka ili pas.

Krenula sam i nakon par koraka nešto mi je zapelo za nogu. Nisam mogla lepo videti u polumraku, ali sam znala da ne može biti ništa drugo nego trava pa sam se sagla da je sklonim. Bila je to, međutim, neka traka. Dohvatila sam je i videla da je crvene boje. Srce mi je ubrzalo otkucaje. I dalje nikog nije bilo na vidiku. Dohvatila sam traku i pratila njen put. Došla sam do klupe na kojoj je bila naopako okrenuta kutija. Traka je završavala ispod nje. Polako sam sela i pomerila kutiju. Ispod nje je bio prsten za koji je traka bila vezana. Dok sam još bila u šoku, Dominik se pojavio iza mene.

— Gospođice Martines... — rekao je tiho, koliko da objavi svoje prisustvo.

Okrenula sam se brzinom munje i ustala. Stajao je naspram mene, nonšalantno, sa rukama u džepovima, smešeći se. Bacila sam mu se u zagrljaj bez reči, što je spremno i sa osmehom prihvatio. Blago me je povukao unazad i pogledao, pa uhvatio lice rukama.

— Nadam se da još uvek veruješ u moć crvene trake?

Klimnula sam glavom. Uzeo je iz moje ruke prsten koji je njome bio vezan i stavio mi na ruku. Gledala sam u ruku u neverici, povukavši se par koraka unazad, dok nije povukao traku ka sebi i tako me privukao u zagrljaj.

— Izgleda da sam joj našao drugi kraj — rekao je zadirkujući me.

— A ja bih rekla da smo tek na početku.

Nasmejao se i klimnuo glavom.

— Da li ovo znači da ćeš ostati?

Gledao je okolo izbegavajući odgovor, dovoljno dugo da se celo moje telo uznemiri. Mora da je osetio moju napetost pa je vratio pogled na mene i slatko se nasmejao.

— Da li ti je potreban još jedan radnik?

— Kao žednom voda! — nasmejala sam se.

— Onda sam tvoj... — raširio je ruke pokazujući na sebe.

A ja sam mu se ponovo bacila u zagrljaj.

Epilog

- Dominik -

Šest godina kasnije...

Kažu da, kada vam se čini da se sve oko vas ruši, možda u stvari sve dolazi na svoje mesto. Gledajući prema stolu za kojem su bili svi moji dragi ljudi, nasmejani i srećni, shvatio sam da sreću nikada nećeš naći ako je tražiš. Ali ako je budeš davao, vratiće ti se.

Nikada vas put neće nigde navesti bez razloga. Neke shvatite odmah, neke mnogo kasnije, ali sam se uverio da se sve dešava sa dobrim razlogom. Sve što sam u jednom trenu izgubio ne može se meriti sa onim što sam zauzvrat dobio. Porodicu. Svi su bili tu i to je postala tradicija za Bogojavljenje i moj rođendan.

Luj i Lusi, sada sa još jednim malim članom više. Majda, Mark i njihova ćerka Kia, moja majka, Elina majka. I naš mali vragolan koji će uskoro napuniti pet godina. Martin. Eli je postala gospođa King, ali je kroz ime našeg deteta zadržala uspomenu na svoje prezime. Nasmejao sam se prisećajući se tog odabira.

Kada smo se preselili ovamo, moja majka je ostvarila zavidni napredak u svom oporavku i vrlo brzo se uklopila, a potom i vratila u normalan društveni život. I te kako joj je prijalo što je otišla iz Njujorka. Lepo se zbližila i sa Elinom mamom. Našle su nove zanimacije, a kada je stigao Martin dale su sve od sebe da ga razmaze, zbog čega sam se nekada i ljutio.

Novac koji mi je ostao od prodaje stana uložio sam u novi posao. Eli je na prvu podržala moju ideju. Proširili smo lokal i pored njene poslastičarnice otvorili i bar, u kome bismo imali žive svirke. Uspeo sam da ostanem blizu svojih snova, a da imam i sve ostalo. Kako nikada ne bih mislio da je moguće. Pisao sam pesme. Eli bi mi katkad i pomagala svojim idejama. A svakako je bila glavni izvor moje inspiracije.

Pogled mi je otišao ka kutiji sa kolačićima sreće. Ko bi rekao da će me dovesti dovde. Poneo sam je sa sobom i stavio na sto, svi su naravno posegli za njima. Pogledom sam potražio Eli i oboje smo se nasmejali. Pogled joj je na tren odlutao iza mene.

— Ah, evo i Mari i Nika. Dobro došli! — požurila im je u zagrljaj pa ih smestila za sto.

Dok su se oni pozdravljali našao sam svoje mesto na čelu ove skupine.

— Da li je sada vreme za tortu? — pitala je Kia.

Majda je ućutkivala govoreći joj da je to nepristojno. Svi su se nasmejli.

— Prvo ćemo seći kraljevski kolač kako tradicija nalaže — dobacila je Eli i donela kolač na sto.

Isekla ga je na jednake parčiće. Martin je pratio pogledom svaki njen pokret pomno proučavajući kolač, što mi je zapalo za oko.

Potom se sakrio pod stolom kako bi govorio kome je koje parče namenjeno. I dalje sam pratio. Tačno je znao u kom je parčetu figura kralja. Taj je ostavio sebi. Izašao je kao pobednik, radujući se. Brecnuo sam se na njega.

— To što si uradio nije lepo.

Drugi to nisu čuli, ali Eli jeste i pogledala me je čudeći se u nerazumevanju, ali on je spustio pogled jer je tačno znao na šta mislim.

— Pomozi mi oko torte — Eli mi je dobacila.

Znao sam da je može doneti i sama i da će tražiti objašnjenje za moje ponašanje. Što je i učinila čim smo se primakli kuhinji.

— Gledao sam ga, namerno je namestio sebi parče u kome je figurica.

— Pobogu, Dominik, on je samo dete, zanimljivo mu je da nosi krunu, šta te je spopalo?

Spustio sam glavu osećajući krivicu, ali i dalje jednako zabrinut.

— Šta ako ima gene mog oca? Zar ga trebam pustiti da uči da bude prevarant?

Eli me je pogledala sažaljivo i spustila mi ruku na rame kao čin utehe. Ali i sama je bila svesna da je to moguće.

— Mislim da preteruješ. U svakom slučaju, sve i da je tako, trudićemo se svojim vaspitanjem da ga izvedemo na pravi put. Na kraju, to i jeste posao roditelja.

Pogledao sam je sa nadom i zagrlio.

— Ne znam šta bih bez tebe.

Nasmejala se i udarila me po ramenu.

— Hajde, kralju, vreme brzo prolazi, uskoro ćeš svakako morati da predaš krunu princu.

Frknuo sam i prevrnuo oči.

Nakon što sam oduvao svećice, i ovog puta poželevši da se ova tradicija nastavi svake godine sa još više ljudi, Martin mi se popeo u krilo. Držao je svoju krunu u ruci.

— Izvoli, tata. Ti si moj kralj, kruna je tvoja!

Oči su mi zasuzile na tren. Uzeo sam mu krunu i stavio na njegovu glavu.

— Ali kako ćeš biti kralj bez krune?

— Ja sam svoju krunu stavio još pre šest godina. Tvoja majka je moja kruna na glavi.

Poljubio sam ga u glavu i pustio nazad da se igra sa Kiom. Eli me je gledala sa ponosom pa sam primakao nju u svoje krilo i zagrlio.

Sreća se nalazi u malim stvarima. Nekada čak i u kolačima. Jedan pogled, jedan osmeh, jedan zagrljaj... dovoljni su razlozi za sreću.

ZAHVALNICA

Dragi čitaoče, ako si stigao dovde znači da smo još jedno putovanje prošli zajedno. Hvala ti na tome.

Želim reći jedno veliko hvala svima vama koji držite ovu knjigu u rukama, jer da nije vas ne bi bilo ni nje, ni prethodnih ni sledećih. A ukoliko ovo nije moje prvo delo koje čitate znači da ste mi već poklonili svoje poverenje i na tome sam posebno zahvalna.

Ukoliko pak jeste prvo, pozivam vas da pođete i na druga, nadam se uzbudljiva, putovanja kroz ostale priče i gradove.

Hvala svima onima koji su mi pisali i pružili svoju podršku. Nemate predstavu koliko mi to znači. Pozivam i ostale da daju svoje mišljenje, predloge, sugestije... kakvi god oni bili. Za jednog pisca najbolja motivacija je fidbek od čitalaca.

Uvek se trudim da moji likovi budu što realniji, iako je sve ovo samo fikcija, kako bi svako od nas pronašao deo sebe u nekome od njih i shvatio da je život jedna velika igra u kojoj najčešće nemamo pravila. Upravo zato mnogi od nas pribegavaju veri ali i sujeverju i na taj način vrše autosugestiju kako bi pronašli put ili doneli odluku. Otuda potiče i ideja i motivacija za ovu knjigu. Koliko i sami verujete u poruke koje vam „svemir" šalje? Sprovela sam anketu na svom instagram profilu i rezultati su bili zapanjujući jer su svi odgovorili pozitivno. Zato mi je još draže što je ova knjiga nastala.

U ovoj priči jedan od likova bori se sa nekim dilemama sa kojima se i sama borim i sa kojima živim pa se može reći da je jedan od osvrta lični.

Što se tiče same ideje o radnji verovali ili ne nastala je iz jednog sna. Da, sanjala sam upravo scenu ispod famoznog drveta velike krošnje gde muškarac pita vlasnicu poslastičarnice za lokaciju koja mu je potrebna. Odatle je sve počelo i samo se razvilo...

Veliko hvala Globland books-u na prilici koju su mi pružili za roman *Odbačen* i što nastavljamo saradnju dalje sa ovim i drugim romanima. Zadovoljstvo je raditi sa vama.

Hvala mojoj porodici na podršci i razumevanju. Čak ni oni nisu znali da pišem sve dok prva knjiga nije ugledala svetlost dana. Hvala vam što ste bili ponosni tada i sada.

Znam da bi još neko bio ponosan da je doživeo ove dane, ali nažalost to nije slučaj. A to je moj deda po majci. Bio je to čovek koji se samo jednom rađa i za kojim se čitav život pati. Zato zaslužuje moju posvetu.

Opet, hvala mom izvoru inspiracije. Drago mi je da postojiš. I opet, ono što ću na kraju svake zahvale ponavljati. Ukoliko su ovi moji redovi dotakli makar samo jedno srce znaću da sam uspela.

M. Altun

O AUTORU

Mika Altun je pseudonim pod kojim piše autorka zaljubljena u reči, putovanja i sve oblike ljubavi. Iza tog imena stoji neko sasvim običan — diplomirani ekonomista, rođena 1986. godine, koja radi „od devet do pet", ali dušom živi među knjigama i likovima koje stvara.

Pisanje je za nju način da izrazi ono što rečima često ne umemo reći naglas. Njeni romani možda na prvi pogled deluju kao ljubavne priče, ali se zapravo bave ljudskim ranama, borbama i načinima na koje pokušavamo da se izlečimo — ljubavlju, razumevanjem i prihvatanjem.

Kao autorski alter ego, Mika Altun nastala je u julu 2023. godine, kada su njene priče prvi put podeljene sa publikom na platformi Wattpad, gde su naišle na snažan odziv. Iako je *Odbačen* njen prvi zvanično objavljen roman, prethodili su mu brojni rukopisi, među kojima i: *Nesporazum*, *Kolačić sreće*, *Jutarnja zvezda*, kao i trilogija *Znakovi* (*Tamo si gde trebaš biti*, *Svi su isti*, *Sve što smo prećutali*).

Njena dela vode čitaoca kroz emocije, ali i kroz stvarna mesta — jer svaka knjiga je, osim putovanja duše, i putovanje kroz neki novi grad.

Email: mikaaltun1@gmail.com
Instagram: @mika_altun
Facebook: Mika Altun
Tiktok: @mika.altun.writer

Mika Altun
KOLAČIĆ SREĆE

London, 2025

Izdavač
Globland Books
27 Old Gloucester Street
London, WC1N 3AX
United Kingdom
www.globlandbooks.com
info@globlandbooks.com

Naslovna fotografija
Alex Mesmer
(https://unsplash.com/photos/a-view-of-a-beach-
with-a-city-in-the-background-LZXzvj7nvNc)